CLUBE DOS HERDEIROS

Como nossos pais

Fabiana Madruga

1ª edição

Editora Draco

São Paulo

2015

Fabiana Madruga
Carioca, sagitariana e tricolor, largou as leis para fugir com a literatura. Autora do blog de moda e beleza *Experimenta, amiga!*, é uma escritora compulsiva e também não resiste a filmes de terror, episódios de Gossip Girl, batons da M.A.C, livros do Stephen King, praia, bolsas novas, pizza e redes sociais. Publicou o conto #BonnyRead na antologia *Piratas* (2015). *Clube dos Herdeiros – como nossos pais* é o seu primeiro romance.
Instagram @fabimadruga.

Publisher: Erick Santos Cardoso
Edição: Karen Alvares
Produção editorial: Janaina Chervezan
Capa: Marina Avila

Dados Internacionais de Catalogação na Publicação (CIP)
Ana Lúcia Merege 4667/CRB7

M 183

Madruga, Fabiana
Clube dos herdeiros : como nossos pais / Fabiana Madruga. – São Paulo : Draco, 2015. – (Clube dos herdeiros; 1)

ISBN 978-85-8243-079-8

1. Ficção brasileira I. Título II. Série

CDD 028.5

Índices para catálogo sistemático:
1.Ficção : Literatura brasileira 869.93

1ª edição, 2015

Editora Draco
R. César Beccaria, 27 — casa 1
Jd. da Glória — São Paulo — SP
CEP 01547-060
editoradraco@gmail.com
www.editoradraco.com
www.facebook.com/editoradraco
Twitter e Instagram: @editoradraco

CLUBE DOS HERDEIROS

Como nossos pais

Esse livro é dedicado à minha avó,
Maria Therezinha Silva Madruga e
à minha madrinha, Maria do Carmo
Bandeira de Mello Madruga. Sem vocês
não haveria o quê, nem o porquê e nem
como! Daria tudo para que vocês pudessem ler esse livro, mas, como o tempo
não deixou, eternizei vocês dentro dele.
Amo vocês para sempre, sempre, sempre.

INTRODUÇÃO

Hoje deve ser seu dia de sorte. Sim, é com você que estou falando! Ao virar a próxima página será como se tivesse ganhado um passe livre, uma credencial, um passaporte com visto para um mundo que mal se vê pela fechadura. Você poderá conhecer cada um dos membros da nova aristocracia do Rio de Janeiro e saber o que realmente se passa na vida, na cabeça e no coração deles (e aposto como você jurou que isso nem existia!). Só me sinto na obrigação de te alertar a respeito do principal perigo que ameaça aqueles que se julgam sortudos por cruzar essa linha: você vai descobrir que as coisas podem não ser como você imaginava e ter vontade de correr de volta para o seu mundo seguro, que antes parecia tão medíocre. Mas não precisa correr tanto. No meio do caminho sei que você vai dar meia-volta e perceber que não vai mais a lugar algum. O Clube dos Herdeiros pode não ser nada parecido com um conto de fadas... mas não há como não se apaixonar perdidamente por ele! Pense bem antes de aceitar o convite: existem festas que duram a vida inteira...

I – BEM-VINDO À SELVA!

Welcome to the jungle, we got fun and games
We got everything you want,
honey, we know the names
Guns N'Roses – *Welcome to the jungle*

Não há nada de excepcional em um dia incrível de sol no Rio de Janeiro. No entanto, toda vez que amanhece assim parece ser a última vez que o sol aparecerá no universo quando se trata de Manuela Garcia Leal. Não, você não perguntou quem é Manuela Garcia Leal! Afinal, em que mundo você vive? Nunca encontrou com ela fazendo *Stand Up Paddle* no Arpoador? Ou deitada nas areias do Leblon na companhia do seu *iPod*, como se não existisse nada nem ninguém em volta? Manu conhece todo mundo e, quando não conhece, parece ser amiga de infância no momento seguinte. Não porque ela seja daquele tipo IN-SU-POR-TÁ-VEL que força amizade até no hall do elevador (pena de banimento deveria valer nessas horas), mas talvez porque ela seja leve. Tão leve que não cobra, não exige... mas também dá uma certa impressão de não se prender de verdade a nada. Manuela abre aquele sorriso e pronto: ganha mais um copo de mate na praia, um ingresso para o show esgotadíssimo, a viagem que o avô garantiu que não ia dar, a simpatia da metida da faculdade, o perdão da melhor amiga e todos os pensamentos do garoto que acabou de passar por ela e quase caiu do skate (pudera, parecia hipnotizado!).

O mar do Arpoador vinha aparecendo em todos os noticiários por estar lisinho e transparente como o mar do Caribe. Talvez por isso, ou talvez só usando isso como pretexto, especialmente hoje ela não conseguia sair de lá.

"Só mais um mergulho. Se bem que se eu ficar mais uns quinze minutos, não vou me atrasar taaanto assim!" – Esse tipo de pensamento não era raro e muito menos bem sucedido. Por causa dele e da cabeça sabe-se-lá-onde, Manuela definitivamente não era pontual. E poucas coisas no mundo irritavam tanto Helena quanto o fato de Manuela não só se atrasar, como nunca atender o celular nessas horas. Ah, sério? Você também não sabe de que Helena eu estou falando? Nossa, você está precisando de um *catch up* urgente, mas vou quebrar mais esse galho: Helena Piva de Albuquerque, ninguém menos do que a caçula de uma das famílias mais tradicionais do Rio de Janeiro. Convenhamos, ela tinha mesmo de onde herdar aquele ar aristocrático (A.K.A nariz empinado)! Mas o julgamento de quem a achava "um nojo", embora a divertisse, não era exatamente acertado. Por mais que fizesse as reuniões mais disputadas à beira da piscina de borda infinita do 7zero6 e desse as festas de aniversário mais comentadas do Copacabana Palace, Helena preferia passar horas assistindo filmes clássicos com a madrinha do que tendo que cumprimentar os duzentos convidados chatos dos jantares de alta sociedade que sua mãe dava todo dia 29 (talvez por isso ela gostasse tanto de fevereiro).

Helena e Manuela cresceram juntas. A avó de Manuela, Luiza Garcia Leal, e a madrinha de Helena, Amélia Piva de Albuquerque, eram melhores amigas desde os doze anos de idade e mantinham a amizade em plena forma aos quase oitenta. As herdeiras desse laço se tornaram unha e carne desde pequenas, mesmo antes de já serem alvo das atenções no Colégio Santo Agostinho – o que não era muito diferente hoje em dia, no quarto período da PUC – ainda que uma tenha escolhido Jornalismo e a outra Direito, que uma fosse loira e a outra morena, que uma amasse Surf Music e a outra ainda colecionasse discos de vinil da Billie Holliday, que uma tivesse aquele cabelo bagunçado maravilhoso de capa de revista enquanto a outra mantivesse sempre os penteados mais perfeitos. Helena e Manuela eram muito diferentes e talvez por isso uma fosse tão essencial na vida da outra. Mas bem que Manuela podia sair de uma vez por todas do mar e...

– ...atender a DROGA do celular?! É a quarta vez que eu ligo e juro que se você se atrasar hoje eu apago todas as nossas fotos na Tailândia que ainda estão na minha câmera, Manuela!

E assim Helena terminava a segunda mensagem de voz simpática que deixava no celular da amiga. Não era realmente sério. Quase nunca era. Conviver com Helena era saber que ela entrava em combustão de tempinho em tempinho, queimando tudo o que estivesse à sua volta até agir como se nada tivesse acontecido uns vinte minutos depois. Manu já estava acostumada com isso, assim como Helena com os atrasos dela. Mas hoje era diferente; hoje tinha show da Rihanna, e mesmo indo de camarote, chegar tarde significava trânsito, muvuca, correria e tudo mais que Helena pudesse detestar. Por isso a pressa.

Manu finalmente saiu da praia e em pouco mais de vinte passos estava no elevador de casa (ela morava em um daqueles prédios que ficam em frente à praia do Arpoador) ouvindo as mensagens de Helena.

– Manuela, a Márcia ACABOU de lavar a casa e você está com areia!

– Também te amo, vó! – Deu um beijo em Luiza.

– Espera! – A avó veio atrás dela se esquecendo da areia. – Me conta, como foi a conversa com o neto do Nelson ontem?

– A pior possível! O garoto é um chato que só sabe falar de motor de carro! E você, para de tentar arrumar esses casamentos da Idade Média pra mim, hein? Acho que sua neta nasceu pra ser solteira.

– Deus me livre! Isso só pode ser ideia da Amelinha! Bem faz a afilhada dela que não dá ouvidos a essas besteiras e está muitíssimo bem encaminhada!

– Vó, a Helena tem vinte e três anos, para de querer casar a garota também!

– Tem vinte e três anos, mas fisgou um Lunardelli! Daqui a pouco está casando e você tostando no sol!

– Tá bom, Dona Luiza! Deixa eu tomar meu banho antes que a futura Senhora Lunardelli me coma viva!

II – DIVERSÃO

A vida até parece uma festa. Em certas horas
isso é o que nos resta.
Não se esquece o preço que ela cobra. Em
certas horas isso é o que nos sobra
Titãs – *Diversão*

Já eram mais de dez da noite quando Guilherme passou para buscar as duas na portaria do prédio de Helena. A Rua Rainha Guilhermina, no Leblon, ainda não tinha visto tamanha concentração de mau humor em uma só moradora. Dessa vez o pequeno atraso de Manuela foi faísca, mero elemento coadjuvante. O motivo de Helena estar vendo tudo vermelho era o ligeiro *delay* entre as 20h30 agendadas e as 22h03 que o relógio marcava quando o Jaguar vermelho do namorado apareceu em seu campo de visão.

– Meu amor, eu só me atrasei um pouco, vai!

– Em qual fuso horário, Guilherme?!

– Nada pode atrapalhar a nossa noite hoje. Muito menos alguns minutos perdidos, Dona Helena! Não é não, Manu?! – Piscou pelo retrovisor tentando ganhar o apoio da amiga do banco de trás que, por estratégia de sobrevivência, apenas sorriu de volta.

Sorriu, aliás, sozinha, já que Helena não mexeu um só músculo facial diante do apelo barato. Manteve apertados os lábios perfeitamente desenhados, em uma expressão que sempre denunciava sua insatisfação. Como o discurso não era um dos aliados de Guilherme, ele lançou mão do que fazia de melhor: desconversar. Aumentou a música no carro e cantou junto para afastar qualquer chance de discussão:

– "Toniiiiiiiight we are yoooung..." – Desafinando mais do que o normal de propósito.

– Tá booom, Guiherme! Se você parar de me torturar cantando desse jeito eu juro que esqueço o atraso! – Helena protestou em tom de bronca, disfarçando o riso. Foi enlaçada como resposta quando o sinal na Delfim Moreira fechou.

A estratégia tinha funcionado. Sempre funcionava. Ninguém no mundo era tão bom em driblar conversas sérias quanto Guilherme Lunardelli. Ele não tinha vergonha em declarar o quanto ficava nervoso com um simples "precisamos conversar". Foi assim desde pequeno, nas poucas vezes em que Helô Lunardelli chamava a atenção do filho único. Acabava amolecendo quando ele abria um sorriso e pousava nela os imensos olhos azuis, fazia uma gracinha, ou mesmo quando simplesmente pedia desculpas da boca pra fora, só pra evitar a ladainha de costume. O problema de ter funcionado com a mãe (e com o pai, já que Ângelo tinha ainda menos paciência para sermões do que o filho), é que Guilherme nunca aprendeu a escutar, a ver o lado do outro, a saber como as pessoas se sentem ou o quanto suas ações refletem nelas. Em troca dos ouvidos e da atenção, Guilherme desenvolveu um charme quase irresistível. Uma lábia digna de político e um "olhar 43" capaz de fazer qualquer um se sentir culpado por discordar ou desconfiar dele. Não era maldade... era só fácil! Guilherme, sem perceber, manipulava as pessoas para conseguir o que queria e da maneira que queria.

Foi assim que, aos dezesseis anos, conquistou a garota mais difícil do Santo Agostinho. Se por um lado Manuela fazia sucesso por ser considerada a mais bonita, por outro Helena tinha algo de inalcançável. Melhor aluna da classe, não dava a menor bola para os meninos da mesma idade, nem a mínima para a popularidade de Guilherme – o que pareceu o desafio perfeito para o competitivo capitão do famoso time de futsal do colégio. E quanto mais difícil ficava, mais ele via aquela conquista como prioridade. "Essa é pra casar mesmo!", comemorava em tom de brincadeira a cada fora que levava. E, nessa caça, Guilherme foi sendo mais e mais envolvido, ao mesmo tempo em que a vaidade de Helena caiu na armadilha da persistência dele. Quando perceberam, estavam tão ligados um ao outro que acabaram dando a isso o nome de namoro. Mas não se engane se eu fiz parecer que Helena não passasse de um troféu para Guilherme: ele era completamente louco por ela! Com tantos erros cometidos em todos os campos possíveis, ela era seu grande acerto. "A única coisa que dá certo na minha vida", tinha um estranho orgulho em dizer. E por isso ele sempre fugia de qualquer D.R.: por medo de que encarar um problema de frente o tornasse maior e mais real.

A sorte dos três é que Rihanna tem uma capacidade ainda maior que a de Gui e a de Manu de se atrasar. Quando eles chegaram à área VIP, ainda pegaram boa parte do show. O que rolava no palco era quase tão interessante quanto o espetáculo do camarote. A *high society* carioca, os famosos de plantão e as subcelebridades do momento, os que lançavam moda, os que pagavam mico, os que aproveitavam o show como ocasião perfeita para aparecer. Para Manuela, Helena e Guilherme nada daquilo importava. Eles não faziam parte do grupo que lia – e sim do que gerava as notícias. Três blogs diferentes tuitaram quase ao mesmo tempo a foto do pretinho recortado nada básico Tufi Duek que Helena usava com sandálias Louboutin, enquanto uma revista de fofoca insistia em saber se o coração da herdeira Garcia Leal continuava sem dono.

– Ele tem dono, não está para adoção! Eu mesma sou a dona do meu coração, pode publicar isso. – Brincou Manu.

Mas a verdade é que fazia mesmo tempo que ninguém estabelecia residência fixa por lá. Teve o filho do político de Alagoas, o neto do Rei da Soja e até mesmo o cantor paulista que jurava que era dono da cidade. Alguns mexeram mais, outros menos, mas desde que tinha doze anos e parou de jurar que um dia se casaria com Henrique, irmão mais velho de Helena, ninguém provocava aquele frio na barriga que todo mundo precisa sentir de vez em quando.

O pensamento dela, no auge do bis ("California King Bed"), só foi interrompido por uma visão de algo que simplesmente não se encaixava naquele cenário. A área VIP inteira se dividia entre os que viam, os que faziam de tudo para serem vistos, os que curtiam o show e os que, por conta da bebida liberada, já davam um show à parte. Mas ele, especificamente aquele cara de camiseta chumbo e jeans acinzentado, com olhos e cabelos pretos, afundado no sofá lendo James Joyce, definitivamente tinha sido pintado por acidente naquele quadro! Quando Manuela percebeu, já estava olhando para ele havia alguns minutos, com um sorriso acidental de quem acha graça em algo inusitado. "James Joyce, jura?!", pensou alto. Só se deu conta de que não estava observando-o através de um vidro fumê quando, com o maior ar de concentrado, ao virar a página, seu olhar se encontrou com o dela. Manuela ficou sem graça instantaneamente por ter sido flagrada, mas o fato da expressão do lado de lá ter mudado completamente quando a viu, encorajou-a a dar um sorriso. Daqueles nada planejados, de quem se rendeu diante de uma surpresa. Ele tentou rir de volta, mas parecia ainda mais impressionado. Ela era linda e, sim, estava mesmo olhando e sorrindo para ele! O choque fez com que ele parecesse desinteressado, mas ela não recuou. Pelo contrário: caminhou calmamente em sua direção, sem desviar os olhos – o que ele também não conseguiria fazer, nem se quisesse.

No caminho, naqueles segundos que duram horas, Manu mal acreditava no que estava prestes a fazer "Vou falar o quê?! De onde você tirou essa ideia, Manuela?!", conversava consigo mesma em um semi-desespero nada aparente. Ok, você pode achar que Manuela era a pessoa mais segura do universo, mas ela nunca tinha precisado tomar a iniciativa. Era a primeira vez, e uma primeira vez é sempre desconcertante – mesmo se você for Manuela Garcia Leal.

Faltavam poucos passos, poucos metros. Ela nem tinha ideia do que ia dizer quando chegasse lá, mas já não pensava mais nisso. Só queria olhar pra ele bem de perto e...

– Manu, onde você se enfiou?! A Rihanna vai direto para uma festa no Londra e a gente precisa chegar lá antes que lote!

De onde afinal Helena tinha surgido?! E com a falta de *timing* exata para interceptar Manuela na cara do gol do leitor de James Joyce. Pênalti!

– Manuela! Você está me ouvindo? Aconteceu alguma coisa?

– Oi? Não... – Manu não conseguiu dizer muito mais que isso enquanto tentava não perder seu alvo de vista, já que todo mundo parecia ter recebido a notícia do Londra ao mesmo tempo, e um verdadeiro alvoroço se formava em direção à saída, justamente entre os dois.

– Se quiserem ir, é agora ou nunca. – Guilherme alertou, já abrindo caminho para as duas.

O puxão de Helena, o empurra-empurra e o mar de gente conseguiram fazê-lo desaparecer. Por um segundo, Manuela engoliu em seco. Sentiu um aperto no peito quase cortante: a sensação de ter perdido algo que ela nunca chegou a ter (por mais ilógico que parecesse). Foi andando, metade puxada por Helena, metade empurrada por quem vinha de trás, alheia a tudo.

Quando estavam já na entrada do estacionamento, onde a intensidade do fluxo e a correria aumentaram, sentiu uma mão segurar seu pulso. Olhou sem muito interesse achando que se tratasse de um conhecido qualquer ou do cara mais inconveniente do mundo. Quando viu que era ele, sentiu um arrepio percorrer suas costas e o coração bater tão forte que conseguia ouvi-lo. Mas não podia parar para conversar, nem conseguiria naquela confusão. Um puxão mais forte de Helena na direção oposta fez com que a pulseira que nunca tirava do pulso se arrebentasse na mão dele. Quando viu que ele a segurava, tentando devolver, juntou todas as suas forças, vencendo o nervosismo e o barulho, e gritou:

– Me devolve no Londra! Vou ficar te esperando lá. – E abriu um sorriso que parecia ter luz própria em seguida.

Olharam-se por mais alguns segundos até que a distância tornasse um invisível ao outro.

Quando Manuela entrou no carro ainda não conseguia acreditar que nada daquilo estivesse acontecendo.

– Quem era o cara com quem você falou agora? – Perguntou Helena, travando o cinto de segurança.

– Não sei – Manuela riu ao se ouvir respondendo. – Mas preciso descobrir isso... hoje!

III – OUTROS OLHOS

As coisas não precisam de você.
Quem disse que eu tinha que precisar
Marina Lima – *Virgem*

– O que houve? Dormiu na praia? Eu sempre chego horas antes de você e hoje já pegou cadeira e tudo?

– E sua barraca também, madame! Serviço completo! – Manu se espreguiçou enquanto respondia.

– Preciso me preocupar? – Helena insistiu enquanto tirava a chemise e as Havaianas.

Manu não respondeu verbalmente, mas deu a entender que não era nada sério com uma torcida de nariz.

– Ok, agora fiquei oficialmente preocupada! Essa cara de anime não me convenceu em nada! – Helena dizia quando ela mesma se deixou interromper por um pensamento ainda mais grave. – Ah, não! Manuela, me diz que eu estou errada e você não está desse jeito por causa do esquisito do show da Rihanna!

– Ele não era esquisito! – Defendeu Manuela.

– Não, só estava lendo Hemingway em pleno bis e na área VIP!

– Era James Joyce!

– Adoro a relevância das suas observações! Escuta, Manu: se você está chateada porque perdeu a pulseira que sua avó te deu, eu entendo. Mas se foi porque um garoto que você nem sabe o nome não foi te encontrar no Londra há uma semana, nós definitivamente precisamos conversar.

– Eu sei... eu sei que parece ridículo, Helena! Eu mesma tenho dificuldade de explicar – se ajeitou na cadeira como se finalmente estivesse disposta a desabafar – mas eu realmente esperei que ele fosse. Não sei, não é nada racional, mas quando olhei pra ele, parecia que alguma coisa estava começando, entende?

– Manuela Garcia Leal acreditando em amor à primeira vista? – Helena levantou os óculos Tom Ford para ter certeza do que estava ouvindo.

– Ah, Helena! – Manuela ralhou voltando a olhar para o mar no lugar da amiga.

– Falando sério agora – continuou, sem os óculos escuros, o que tornava o tom mais intimista –espero estar redondamente enganada e você certa. Espero que existam príncipes encantados concentrados em clássicos literários dando bobeira em shows de pop por aí, e que deixar a pulseira seja a nova versão do sapatinho de cristal. E se isso for verdade, Manuela, não existe Cinderela que mereça viver um conto de fadas mais do que você! Por isso, se o esquisito era um sapo e não foi ao seu encontro, pode ter certeza que seu príncipe de verdade jamais perderia a chance de estar com uma garota incrível como você!

– É... eu tento negar pra você não ficar muito convencida, mas você é a melhor amiga que alguém pode ter, Helena Piva de Albuquerque. – Manu falou com a voz ligeiramente embargada.

– Aham... agora me conte algo que eu ainda não saiba! – Brincou, colocando os óculos de volta e deitando na cadeira.

As duas riram e resolveram aproveitar aquele sol de sábado, por mais que alguns pensamentos trouxessem uma nuvem ou outra para atrapalhar.

Mesmo sendo sábado, Henrique não estava desfrutando da mesma boa vida da irmã (e nem atendendo às expectativas de metade das moradoras do Leblon, que iam à praia só para vê-lo). No campus da UFRJ, corria atrás de informações sobre um trabalho que precisava entregar na semana seguinte.

– Sim, o trabalho só pode ser feito em grupo. Mas sinto informar que a turma quase toda já me entregou na semana passada, ou seja, na data CERTA. E... Sim, posso ajudar? – A professora de estatística interrompeu a resposta a Henrique para saber o motivo da chegada de outro aluno à sala.

– Não, eu espero. – Espalmou as mãos como quem não quer incomodar.

– Não, tudo bem! – A professora insistiu. – Você é o...

– Pedro. Pedro Bacelar.

– Isso, desculpe. Você por acaso veio me perguntar também

sobre o trabalho? Os seus são sempre excelentes e não me lembro de ter recebido esse último.

– Exatamente isso – sorriu ligeiramente sem graça. – Precisei me ausentar na semana passada e fiquei devendo esse trabalho.

– Acho que a sorte sorriu com todos os dentes para você, Henrique – a professora brincou, sarcasticamente. – Bom, resolvido: vocês farão o trabalho em dupla.

– Em... dupla?! Mas nós nem nos conhecemos – tentou Henrique.

– Sim e, além disso, vai ser difícil conciliarmos os nossos horários – completou Pedro.

– Olhem só que bela dupla já estão formando! Muito bem, já que estão no último período da faculdade de economia, excelente oportunidade para se conhecerem antes de se formarem. Até sexta que vem, meninos! – concluiu, irredutível.

Sem alternativa, aceitaram: Pedro com a certeza de que levaria o Mauricinho da sala nas costas e Henrique com a convicção de que o nerd metido a James Dean seria a dupla mais insuportável de todos os tempos.

– Então – Henrique tomou a iniciativa – para que ninguém precise perder o final de semana, podemos marcar na quarta.

– Quarta eu dou aula de matemática. Pode ser quinta?

– Quinta, ótimo! Na biblioteca?

– Você não frequenta muito aquele lugar, né? Está em obras há mais de um mês.

– Ah, que ótimo! – Henrique já estava vendo as coisas ficarem ainda piores. – Então vamos marcar na sua casa ou na minha?

– Eu moro na Tijuca e acho que você pode se perder ou não estar com as vacinas em dia – ironizou. – O que me leva a crer que seja melhor na sua casa.

– Perfeito por mim, Pedro. Desde que você tome banho no dia e consiga visto para o Leblon – devolveu. [1]

Pedro segurou o riso diante do surpreendente troco rápido e sacou o celular para anotar o endereço de Henrique.

Já eram quase três da tarde quando Helena chegou na casa de Guilherme. A ideia não era ir tão cedo e muito menos direto da

1 No Rio de Janeiro existe uma rivalidade de brincadeira entre os bairros da Zona Sul (os próximos à praia, como Leblon, Ipanema, Copacabana, Arpoador etc.) e os da Zona Norte (distantes da praia, como a Tijuca). Todo bom carioca conhece a implicância e leva na esportiva.

praia, mas o SMS do namorado dizendo "Minha casa: ASAP!" a fez imaginar todos os cenários possíveis e correr feito louca.

Quando Guilherme abriu a porta com uma garrafa de champanhe e duas taças, ela não disfarçou a surpresa.

– Acho que perdi algum capítulo...

– E eu faço questão absoluta de te colocar a par do que aconteceu nele, mas antes, sua taça! – Encheu enquanto a namorada entrava, propondo um brinde em seguida. – À mais nova estagiária do Ministério Público do Rio de Janeiro!

– Oi? Mas... como?!

– Minha mãe acabou de ligar dizendo que falou com aquele amigo dela que trabalha lá e eles adoraram o seu currículo e acarta de apresentação. Você está dentro, meu amor! Já começa na segunda, aliás.

– Gui... Gui eu ainda não consigo acreditar! Obrigada, milhões de vezes! – Beijou o namorado, interrompendo-se em seguida. – Para tudo! Isso me lembra que eu preciso fazer compras! Não tenho um guarda roupa de estagiária ainda!

– Ei, ei, ei! Tenho certeza que as compras podem esperar umas duas horinhas. Agora nós dois temos uma comemoração a dois agendada... – Segurou Helena pela cintura.

Ela bebeu o champanhe da taça e tirou a chemise, puxando Guilherme para mais um beijo.

Mesmo com a saída repentina da amiga, Manuela tinha resolvido aproveitar a praia mais um pouco. Quando estava começando a pegar no sono, sentiu uma sombra encobrir o sol. Abriu os olhos e deu de cara com um excelente motivo para ter seu bronzeado ameaçado. Alto, forte, olhos azuis e cabelo loiro molhado, com uma tatuagem ao redor da coxa esquerda. Tirou os fones de ouvido para saber o motivo da abordagem, ainda levemente atônita.

– Posso deixar minhas coisas com você enquanto dou um mergulho?

– Claro... – Não conseguiu ser mais eloquente que isso.

Observou o mergulho com vontade de levantar uma plaquinha de nota dez, mas fingiu nem notar quando ele voltava.

– Obrigado. E você, tem medo de água fria?

– Nem de água fria e nem de nada – sorriu.

– Então acho que não vai ter problema se eu sentar aqui para conversar um pouco.

Manuela estendeu a mão como se o convidasse a ficar.

– Felipe, prazer.

– Manuela. Prazer, Felipe. Agora me conta, como é que eu nunca te vi por aqui?

– Porque minha praia é outra. Eu sou de Floripa, ainda me adaptando ao Rio.

– Se mudou pra cá?

– Sim. Fui transferido há uns dez dias. Depois de penar com a mudança, esse é meu primeiro sábado de praia.

– E o que você faz?

– Sou engenheiro naval.

"Sinto que minha avó vai gostar imensamente disso", ela se divertiu com o próprio pensamento.

– E você, Manuela?

– Faço faculdade de jornalismo e sou daqui mesmo. Mais especificamente do Arpoador.

– Mesmo? Estou morando em Ipanema, mas ainda não saco nada dos lugares legais do bairro. Alguma chance de você ser minha guia? Quem sabe hoje?

Manuela sorriu já pronta para inventar uma desculpa qualquer, mas se pegou brigando consigo mesma: "Ele não foi te encontrar no Londra, você nem sabe o nome dele e está prestes a descartar esse deus grego que ainda por cima é engenheiro naval?!".

– Eu topo!

– Sério?! – Felipe pareceu sinceramente surpreso. – Quer dizer, cara, eu jurava que vinha um fora!

– Você sabe onde é o Astor? Então, me encontra na porta às nove, pode ser?

– Se pode? Lógico! Estarei lá às nove em ponto! Aliás, vou embora antes que você mude de ideia.

– Nos encontramos lá, Felipe! – Despediu-se, rindo.

Mal ele deu as costas e Manuela agarrou o celular para ligar para Helena.

– E aí? A mensagem do Gui era caso de vida ou morte?

– Manu, você não vai acreditar! Consegui o estágio do MP!

– Lê, parabéns! Precisamos comemorar!

– É, eu já ouvi essa frase hoje...

– Please, me poupe desses detalhes! Agora escuta: eu também tenho uma novidade.

– E ainda não me contou por quê?

– Conheci um gato aqui na praia. Engenheiro naval, acabou de se mudar pro Rio e me chamou pra sair hoje!

– Finalmente acabou o luto do esquisito! Qual o nome dele?

– Felipe.

– Felipe de quê?

– Helena, você já viu alguém ter sobrenome na praia?!

– Ai, tá! Aonde vocês marcaram?

– No Astor, às nove.

– Relatórios de duas em duas horas pra saber se está tudo bem, promete?

– Siiim! Agora deixa eu correr para não me atrasar, pelo menos no primeiro encontro!

Às nove em ponto, a sempre atrasada Manuela aparecia na porta do Astor com um vestido branco despojado da Farm, gloss coral e cabelos amassados com *surf spray*. Logo viu Felipe, que conseguia estar ainda mais incrível do que mais cedo na praia, com calça jeans, tênis e uma camisa social branca.

– Nem sei como te agradecer por ser a guia mais linda do Rio de Janeiro.

– Bom, você pode começar sendo uma ótima companhia. Acho que estou precisando.

Ele deu o braço a ela e os dois entraram chamando atenção pelo casal realmente lindo que formavam.

Helena chegou em casa esperando encontrar a madrinha e o irmão, mas se deparou com a mãe no sofá da sala.

– Mãe! Que surpresa...

– Boa, espero! – Exclamou Jacqueline. – Sua madrinha foi a um aniversário com a Luiza no Sofitel e seu irmão ainda não voltou. Tenho uma notícia maravilhosa pra contar, e acho que você vai ser a primeira a saber. Preparada?

– Espero sinceramente que sim.

– Sua mãe... vai se casar! O Najib fez o pedido ontem. Foi tudo tão rápido que...

– Espera, deixa eu me situar. O Najib é o tal ex-ministro? O que você conheceu há um mês ou menos?

– Ele! Eu sei que parece precipitado, filha, mas temos tanto em comum! Ele também é viúvo e, você sabe, desde a morte do seu padrasto eu procuro uma pessoa que me leve a sério. Que goste de mim.

– Mãe, se você acha que é o melhor pra você, então conte comigo! Quero que você seja feliz.

– Eu sei disso! Por isso quero que você me ajude com todos os detalhes da cerimônia!

– Bom, tudo bem. Vou ter menos tempo pra isso, já que consegui o estágio no MP e...

– Claro que você consegue! Minha filha é multimídia! Agora posso usar seu laptop? Preciso pesquisar sobre casas de festa.

– Lógico... pode usar sim. Você sabe a senha.

Jacqueline não notou o desapontamento da filha. "Nenhum comentário sobre o estágio? Nada?". Ainda surpreendia Helena que a mãe repetisse o mesmo comportamento de sempre. E o que lhe dava mais raiva era que isso ainda fosse capaz de magoá-la tanto. Pensou em ligar para desabafar com Gui, mas ele nunca entendia de verdade. Às vezes até se esforçava, mas não adiantava. Guilherme era excelente em pedir conselhos – o tempo inteiro e sobre tudo –, mas era um fiasco na hora de devolvê-los. Volta e meia, Amélia lembrava a Helena: "Um namorado precisa ser, antes de tudo, seu melhor amigo". Definitivamente, Guilherme podia ser lindo, ter a melhor pegada do universo e matar todas as garotas da Zona Sul de inveja... mas um melhor amigo ele passava longe.

– Não se pode ter tudo – pensou em voz alta. E, por um instante, quase acreditou.

A noite de Manuela estava sendo divertidíssima. Felipe era leve, engraçado, fazia com que ela se sentisse totalmente à vontade. Além disso, o papo fluía tão bem que fazia o tempo passar voando. Tão rápido que, quando chegou o momento mais do que previsível, Manu não esperava por ele. Estavam prestes a se beijar e ela quase recuou. Por instinto, teria feito isso, mas resolveu se dar essa chance. O beijo de Felipe era daqueles que encaixava aos poucos, fazendo com que se quisesse beijar mais e mais.

– Helena, acorda.

Helena abriu os olhos e viu a madrinha com um embrulho na mão.

– Dinda? Nem vi você chegar. O que é isso?

– Achei que a nova estagiária do MP fosse precisar de uma bolsa nova.

– Mas... como você soube?

– Manuela ligou para a avó, que estava comigo. Queria saber é por que a senhorita não me ligou.

Helena abriu a caixa da Fendi e se encantou com a baguete clássica em couro conhaque.

– Dinda, eu amei!

– Queria jantar com você e Henrique para comemorarmos, mas como você já está nesse estado, almoçamos juntos amanhã.

– Eu nem sei o que dizer, o quanto isso significa pra mim...

– Significa que eu tenho muito orgulho de ser sua madrinha.

– Eu é que tenho muita sorte de ser sua afilhada.

Amélia deu um beijo na testa de Helena e a cobriu. Já ia saindo quando ouviu:

– Não apaga...

– A luz, já sei! Você pretende contar no Ministério Público que tem medo de dormir no escuro?

– Isso não fez parte da entrevista! – Riu. – Boa noite, Dinda. Até amanhã.

Quando Manu chegou, encontrou a avó na poltrona da sala esperando.

– Vó, a essa hora acordada?

– E eu ia dormir sem saber como foi seu primeiro encontro com meu futuro neto postiço?

– Você não tinha como ser mais exagerada, Dona Luiza? – Riu e deitou a cabeça no colo da avó, sentando no chão. – Ele é uma graça, vó. Do jeito que eu sei que você adoraria. Mas... não deu aquele frio na barriga, sabe?

– Minha filha, namoro não é roda gigante. Nem tudo é frio na barriga! Eu não conto sempre que levei quase um ano pra realmente gostar do seu avô? Algumas pessoas ganham a gente aos pouquinhos.

– Será? Pode ser... vou dar mais tempo pra ver o que acontece.

– Acho melhor. E agora vai dormir que a senhorita precisa descansar. Eu vou ter que ver esse filme até o final, porque agora fiquei curiosa para saber quem é o assassino.

Manuela deu boa noite à avó, chegou no quarto e se jogou na cama, encarando o teto por vários minutos. Depois tateou a mesinha de cabeceira até alcançar o *tablet*. Abriu o Google e pesquisou: "James Joyce".

IV – TINHA QUE SER COM VOCÊ

É, só tinha de ser com você,
havia de ser pra você
Senão era mais uma dor,
senão não seria o amor
Tom Jobim – *Só tinha de ser com você*

Era quinta-feira, mas Manuela não acordou cedo para a faculdade. Já eram mais de dez da manhã quando sua avó trouxe café da manhã na cama (aqueles *croissants* de chocolate da Guerin eram seus preferidos!) e seu avô trouxe uma dúzia de rosas amarelas. Sim, ela adorava fazer aniversário!

Pulou da cama, abraçou os avós, começou a dar conta do café enquanto abria os presentes e chamava Márcia para colocar suas flores no vaso preferido.

– Pietra está com seus pais no Skype. Eles ligaram para te dar os parabéns – avisou o avô.

– Ai, a gente devia fazer aniversário umas dez vezes por ano! – Levantou os braços feito criança.

– Vinte e quatro e você ainda quer fazer dez por ano? Se liga, Manuela, tá ficando velha, irmã. – Pietra entrou no quarto e deu um gole no cappuccino de Manu, entregando o *iPad* para ela em seguida. – Parabéns, irmãzinha!

Pietra era cinco anos mais nova que Manuela, mas passava longe de ser a caçulinha fofa da família. Aos dezoito já colecionava problemas com drogas, relacionamentos e com as piores companhias da cidade. Desnecessário dizer que achava a irmã mais velha careta. Além disso, detestava Helena e, para piorar, desde garotinha, era louca por Guilherme.

– Pietra, você já foi comprar seu sapato para a festa? – Luiza lembrou.

– Saco, vó! Já disse que quero usar meu coturno com o vestido!

– Mocinha, você pode até andar que nem uma fugitiva do hospício nos lugares que você frequenta. Mas na festa de aniversário da sua irmã você vai vestida que nem gente e ponto final!

Pietra saiu do quarto nada conformada, mas palavra de Dona Luiza era ordem: ela ia comprar sapatos.

Por falar em comprar, Helena não podia estar mais desesperada. Tinha procurado o presente perfeito para a melhor amiga por semanas, em lojas, na internet, em revistas... E agora, faltando poucas horas para a festa e tendo que ir para o estágio antes, não sabia mais de onde tirar ideias.

Sentou na Starbucks da Gonçalves Dias e pediu o de sempre – um Caramelo Macchiatto – enquanto ligava para a madrinha.

– Helena, não procure por nada que chame atenção por si. A Manuela tem tudo, não é isso que vai fazer diferença. Você conhece ela melhor do que ninguém, use isso a seu favor. Pense em algo que signifique muito pra ela.

– Dinda, você hoje tá tão Mestre dos Magos! Continuei na mesma. Ei, de quem é essa voz aí?

– É do amigo do Henrique que está fazendo trabalho da faculdade aqui hoje.

– Quc amigo?

– O Pedro. Eu também não conhecia ainda. Ele mora na Tijuca, parece.

– Na Tijuca? Desde quando Henrique tem amigo tijucano? Bom, deixa eu ir que ainda tenho que trabalhar. Beijo, Dinda!

A tarde passou rápido na casa dos Piva de Albuquerque. Pedro, que pensou que o trabalho fosse ser uma tortura, não só achou em Henrique uma ótima dupla, como engatou uma improvável amizade com Amélia. Ela se encantou com o jeito dele. Riram, implicaram com desafetos em comum e conversaram por horas sobre Frank Sinatra, cinema, televisão e afins. Às oito da noite, Pedro se despediu, mas acabou cedendo ao convite para ficar para o jantar.

A mesa já estava posta quando Helena entrou como um furacão

pela porta, falando sobre ter ido a várias lojas depois do trabalho e não ter encontrado nada, sem ao menos se dar conta de que tinham visita em casa.

– Helena, minha filha, vem conhecer o Pedro.

Chegou até a sala e tomou um susto sem precedentes quando viu o amigo do irmão.

– Ah, meu Deus! Você é o esquisito do show da Rihanna! São Longuinho, obrigada! Encontrei o presente perfeito!

Pedro começou a reconhecer Helena, que só tinha visto de relance naquela noite, quando vieram as perguntas dela:

– Mas, espera! Por que você deu bolo na minha amiga naquele sábado?

– Eu não dei. Fui até o tal do Londra. De ônibus, cheguei bem depois. Mas o segurança, aquele simpático closet que fica na porta, não me deixou entrar.

– Putz, de ônibus?! Você é pobre? Mas como você estava na área VIP então?

– Olha, eu... – Pedro ficou desconcertado diante daquela objetividade nada delicada, mas resolveu voltar a simplesmente responder – eu ajudei um amigo a montar o som e fiquei esperando ele para ir embora.

– Cruzes, que dedo podre da minha amiga!

Mais uma vez, Pedro pensou em manifestar sua indignação, mas Helena foi mais rápida e continuou:

– Você é comprometido: casado, namorada?

– Não.

– Tem alguma doença grave, vício, compulsão?

– Não...

– É gay?

– Não! Olha, que tipo de questionário é esse?

– Henrique – Helena chamou o irmão – quando for se vestir, arruma ele também!

– "Arruma ele"?! – Pedro repetia incrédulo. – Você pode me explicar o que está acontecendo aqui?

– Escuta, Pedro: Eu acho bom você parecer minimamente decente, porque hoje você vai ser o meu presente de aniversário para a minha melhor amiga. E, depois do bolo que você deu nela no dia do show, é bom estar muito bem embrulhadinho!

Pedro ficou estático. Por mais que aquilo fosse a situação mais inusitada possível, ele não perderia por nada a chance de reencontrar a garota do show. Até baixou "California King Bed" aquela noite e ouviu diversas vezes pelas semanas seguintes, lembrando dela, pensando qual seria o seu nome, o que ela teria dito se não tivessem se desencontrado, como teria sido a noite se tivesse conseguido entrar no Londra. De repente foi tomado por um nervosismo súbito por saber assim, de supetão, que hoje poderia descobrir tudo isso.

– Vó, me ajuda com o zíper!

– Manu! Olha que flores lindas que chegaram pra você! – Dona Luiza vinha gritando pelo corredor.

– Gérberas. Lindas! Quem mandou isso?

– Tem cartão, olha aqui.

– "Que elas, ao seu lado nesse dia tão especial, representem o tanto que eu também gostaria de estar. Parabéns! Felipe". Felipe!

– Não falei pra investir no engenheiro bom partido?

– Nossa! Eu comentei com ele por alto sobre o meu aniversário ser na quinta, mas nem imaginei que ele fosse lembrar!

– Como assim "comentou"?! Você não chamou ele pra festa?

– Não... comentei no jantar de terça, mas não falei sobre a festa.

– Por acaso essa foi a educação que nós te demos, Manuela?! Toma esse telefone e liga pra esse menino agora! Onde já se viu?

Manu pegou o telefone correndo e ligou para Felipe. As flores realmente tinham impressionado. Para sua surpresa, ele aceitou o convite.

– Pronto, vó! Agora pode me ajudar a fechar o vestido?

– É agora. Prende a respiração e... pronto! Meu Deus, como você está linda, minha filha!

As duas admiravam no espelho como o vestido havia ficado realmente perfeito em Manuela. Verde água, com a parte de cima em forma de corpete e a saia caindo soltinha, em finas camadas fluidas de seda, que davam a ela um ar etéreo. A longa trança espinha de peixe caía por cima do ombro esquerdo, complementando com a maquiagem leve o estilo romântico que tinha tudo a ver com a personalidade suave de Manu.

– E então, vamos ou não vamos? – Pietra perguntou da porta, vestindo um tomara que caia preto rendado e gladiadoras pretas. O cabelo liso, de franja e tingido há anos de um preto intenso, estava preso em um rabo de cavalo bem alto e os olhos verdes bem marcados com sombra e lápis escuros.

– Vamos. Seu avô já está com o carro lá fora. Sempre apressado o Evandro, impressionante.

– Vó, eu já te disse o quanto você tá linda? – Manu segurou as duas mãos de Dona Luiza, que estava realmente elegante com um longo vestido vinho acompanhado por uma pelerine da mesma cor.

– Não tenho que estar? É aniversário da minha neta!

– Ai, pelo amor de Deus, essa rasgação de seda medonha vai acabar com o vestido da aniversariante! Vamos logo. – Pietra pegou a bolsa e se adiantou pela porta.

Manuela e Luiza foram rindo atrás da rabugice dela.

Pedro estava tentando se entender com a gravata e com a gola da camisa emprestadas por Henrique quando Amélia chegou na porta do quarto.

– Estão prontos, meninos? Helena foi na frente com o Guilherme e nós já estamos na hora.

– Guilherme é... – Pedro tentava assimilar tanta gente nova.

– O namorado dela, mané! – Henrique respondeu ajeitando o cabelo.

– Henrique, a Helena combinou com você como vai ser quando chegarmos?

– Tudo certo, tia. Quando estivermos chegando eu mando um SMS.

– Ótimo. Então, vamos?

Henrique saiu na frente para buscar o carro e Pedro deu o braço a Amélia, saindo juntos em seguida.

– Tá esperando alguma coisa, Helena? Toda ansiosa, olhando esse celular de dois em dois minutos! – Guilherme perguntou desconfiado.

– Eu, ansiosa? Imagina – tentava disfarçar. – Você que já está louquérrimo! Péssima ideia a minha de chegar cedo, a tempo de você evaporar todo o álcool da festa antes mesmo da aniversariante chegar.

– Todo o álcool... Helena! Eu praticamente nem bebi! Tá vendo como você está estranha?

Helena tinha levado tão a sério a questão de ser uma surpresa, que nem para Guilherme contou sobre Pedro. O problema é que a ideia de Manu chegar antes do "presente" já estava fazendo seu estômago dar cambalhotas.

De repente – *finalmente* – o SMS de Henrique: "Já estamos no hall de entrada do Sheraton".

– Ai, finalmente! – Helena exclamou aliviada.

– Finalmente o quê? – Guilherme perguntou.

– Mini Carpaccio! Nossa, achei que não viesse nunca! Pega um pra mim que eu vou ao banheiro rapidinho! – se envergonhou da péssima qualidade da desculpa encontrada, mas não tinha tempo para consertar. Partiu desenfreada para a entrada.

Guilherme achou aquilo estranho o suficiente para ficar desconfiado. Mas não a ponto de deixar de pegar o *carpaccio*.

– Ai, meu Deus, até que enfim! – Helena encontrou Henrique e Amélia. – Vieram de velocípede?!

– Encomenda entregue: o Pedro está esperando você ali perto da escada. – Henrique apontou.

– Excelente! Agora vocês podem subir e distrair o Guilherme um pouco?

– Ah, não! – Amélia protestou – Isso já é tortura, Helena!

– Vamos parar de rebeldia, Dinda! E para de implicar com meu namorado, porrr favorrr! Agora vão, vão! Preciso terminar de preparar minha surpresa.

Helena correu para trás da escada e encontrou Pedro no lugar combinado.

– Uau! – Ele deixou escapar.

– É, eu sei que estou realmente bem hoje, mas, foco! – Estalou o dedo na frente dos olhos dele.

– Olha, você não está mal, mas o meu "uau" foi para o Rolls Royce que está entrando agora!

– Rolls Royce?! É do avô da Manu! – Empurrou Pedro contra a parede – Vê se é um velhinho dirigindo!

– Não, nada velhinho.

– Então o vallet já pegou! Isso quer dizer que a Manuela já deve estar entrando! Vem! – Puxou Pedro pela mão e entrou com ele no banheiro masculino do salão de jogos.

A estratégia foi quase perfeita, não fosse por Pietra ter visto a cena, mesmo sem entender nada.

– Escuta, Helena, esse banheiro é...

– Shhh! Fica quietinho! Eles devem estar subindo daqui a uns cinco minutos e nós vamos em seguida.

Manuela ficou na entrada do salão mais tempo para que as dúzias de fotografias fossem tiradas. Pietra foi na frente, em direção ao bar. No caminho, quase foi atropelada por Guilherme.

– Ei! Boa noite, apressadinho!

– Foi mal, Pietra. Estou procurando a Helena. Acho que está acontecendo alguma coisa.

– Ah, deve estar mesmo! Senão ela não teria puxado um garoto pra dentro do banheiro masculino lá no salão de jogos.

– Pietra, hoje não!

– Não acredita? Já te disse que você está parado com a garota errada. Por que você não vai conferir? – Falou se aproximando de Guilherme, em tom de provocação.

Foi afastada de forma brusca e ficou olhando Gui descer as escadas.

– Olha, não me leva a mal mesmo por ter dito que o elogio não era pra você. Eu não entendo muita coisa de moda, mas você está...

– Linda? – Helena brincou, fazendo pose com o Armani champanhe de um ombro só e o coque *donut*.

– Você não tem problemas com autoestima, não é? – Riu franzindo a testa.

– Bom, se isso foi um elogio no estilo tijucano, eu agradeço. Você também não ficou mal vestido de gente.

– Isso é um elogio no Leblon?

– Só essa gola que tá meio John Travolta, mas isso tem jeito!

No exato momento em que Helena acertava a gola de Pedro, Guilherme entrou praticamente derrubando a porta. Sem pensar duas vezes, nem dar um pio, afastou Helena e acertou um soco em Pedro, que caiu se apoiando na pia, mas voltou retribuindo a gentileza até que os dois estivessem atracados no chão do banheiro.

Helena correu para trancar a porta antes que o barulho atraísse curiosos. Tirou uma das enormes sandálias douradas Ferragamo e bateu com toda força na testa do namorado, conseguindo fazer com que ele, atordoado, largasse Pedro por um instante e olhasse pra ela.

– Sua anta! Ele é meu presente para a Manuela!

– Seu... seu o que?!

– O esquisitão do show da Rihanna!

– Ah, eu sou o esquisitão?! – Pedro se indignou diante de toda aquela situação.

– E o que você... ? – Guilherme tentava entender a cena que tinha visto.

– Estava arrumando ele pra levar de surpresa pra ela! Mas agora você estragou tudo! – Apoiou no mármore da pia com o sapato usado como arma na mão.

– Não! Não, meu amor, me perdoa! Olha, ele nem ficou tão mal assim!

– Claro que não! – Pedro bradou levantando e dando tapinhas na roupa. – Você ficou bem pior!

– Olha, cara, desculpa! Eu vi aquela cena e perdi a cabeça! – Guilherme estendeu a mão tentando o cumprimento mais excêntrico de todos os tempos.

– Tá... tudo bem. Você não podia imaginar...

– Olha, vamos interromper esse romance e partir para o que interessa? – Helena cortou o nascimento de uma possível nova amizade enquanto calçava de volta a sandália.

Saíram os três pela porta estreita do banheiro e subiram em direção ao salão principal. Viram que Manuela recebia os cumprimentos dos convidados. Helena pediu que Pedro esperasse ali e seguiu com Guilherme para falar com a amiga, ainda sem revelar a surpresa.

Pedro cumpriu o combinado e ficou assistindo a cena de longe. Manuela era muito mais linda do que ele se lembrava.

– Oi, você sabe dizer se é nesse salão a festa da Manuela Garcia Leal? – Felipe, que acabava de chegar, interrompia a contemplação de Pedro.

– Olha, eu nem sei o sobrenome dela, mas se for aquela Manuela ali – apontou – você está no lugar certo.

– Obrigada, é ela! Você é amigo dela? – Felipe estendeu a mão.

– É, pode-se dizer que sim – Pedro respondeu sem saber como se definir. "Sou o presente dela. Ou seria o esquisito do show da Rihanna?". – Pedro. E você?

– Felipe. O namorado dela.

– Helena, que presente é esse? – Manuela perguntava curiosa sendo arrastada pela amiga até a entrada do salão.

– Você acha que eu tive esse trabalhão todo com a surpresa pra te contar segundos antes?

– O que você arrumou dessa vez, hein? E onde... Felipe! Você veio! – Manuela puxou o freio no meio do caminho quando encontrou o "bom partido".

– Felipe?! – Helena confirmava. – Felipe do Astor, engenheiro?!

Manu arregalou os olhos para a amiga em tom de reprovação e respondeu sem graça:

– É! – Riu. – Ele mesmo! Eu comentei por alto com a Helena sobre você e, bom, essa é a Helena!

– A Manuela também me falou muito de você, Helena! Prazer – Felipe se inclinou para dar dois beijinhos.

– Todo, todo meu – respondeu nervosa. – Escuta, você viu um rapaz de terno azul marinho e gravata vinho por aqui?

– Vi! Ele me cumprimentou, mas depois saiu. Achei até estranho.

– Quem era esse tal rapaz, Helena? – Manuela quis saber.

– Quem era? O Henrique, claro! – disfarçou.

– Não! – interrompeu Felipe – esse com quem eu falei era Pedro, lembro bem do nome.

– Pedro? – Manuela tentava se lembrar de ter convidado alguém com esse nome.

– Deve ser penetra! Sempre tem penetra em festas grandes, vocês já viram isso? Impressionante como não se faz nada a respeito. – Helena virou de uma vez a taça de champanhe que o garçom passou oferecendo. – Bom, deixa eu continuar procurando o meu irmão. Licença.

– Helena! – Manu gritou sem que a amiga ao menos olhasse de volta. – Nossa, ela tá tão estranha! E nem me deu o tal presente.

– Olha, eu também vou passar a ser estranho? Não deu tempo de comprar seu presente!

– Não! – Manuela riu envergonhada – nada disso! Vamos voltar para a festa? Quero que você conheça a minha avó.

– Cadê ele? – Helena chegou na mesa do irmão e da madrinha com ar de psicopata.

– Ele quem?! – Henrique perguntou.

– Jimmy Hoffa, Henrique! O Pedro, Claro!

– Ué, eu deixei ele com você!

– Ai, droga, ele fugiu!

– Como assim, fugiu?! – Amélia entrou na conversa.

– Sei lá, Dinda! Deixei ele na entrada do salão a criatura sumiu. Amarelou, eu acho!

– Ah, não! – Amélia levantou da cadeira e sacudiu o dedo em sinal negativo enfaticamente. – Eu conheço bem o tipo que bate em retirada e o Pedro não é um desses! Eu vou procurar por ele! – saiu da mesa.

– Procurar por ele?! Dinda, volta aqui! Ai, chega! – Helena

sentou ao lado do irmão – ano que vem eu juro que mando uma cesta de café da manhã!

Manuela teve uma festa incrível, com direito a fogos, repertório de arrasar qualquer um na pista de dança, convidados dignos da festa de Reveillon do Ibra em St. Barts e a companhia maravilhosa de Felipe, por quem sua avó tinha caído de amores. Mas algo não estava perfeito. Ela não estava apaixonada, mesmo sem entender como.

– Felipe... queria te agradecer. Por você ter vindo. Por ter conversado com meus avós por umas duas horas! Por ter sido perfeito comigo hoje.

– Se eu te contar um segredo você promete guardar?

Manu fez que sim com a cabeça, e ele se aproximou de seu ouvido para contar baixinho:

– Você pode ter isso sempre.

Manuela sorriu, mas se esquivou do beijo que vinha em seguida.

– É sobre isso que eu acho que a gente precisa conversar...

– Ai, ai, ai! – Felipe sentiu que o que vinha não seria tão bom.

– Você não imagina o quanto eu me sinto sortuda por estar com você aqui. Mas... antes de te conhecer... eu me apaixonei por outra pessoa.

– Espera, você não disse que tinha alguém!

– Porque não tenho! E preciso tanto tirar ele da cabeça! Só preciso que a gente vá mais devagar. Só um pouco.

– Eu entendo. – Felipe levantou a cabeça baixa de Manu pelo queixo. – Ei... eu entendo mesmo. Tá tudo bem. Eu acho que corri um pouco com as coisas. Prometo te dar mais tempo. Mais espaço... combinado?

– Eu não mereço você, sabia?

– Eu discordo. Mas para a gente não discutir, pode fazer por merecer. Vou ficar esperando. – Felipe piscou em tom de brincadeira, beijou as mãos de Manuela e foi embora.

Manuela saiu pelo outro lado. Desceu até a praia particular do hotel, chegando à areia. Olhou para sua festa de baixo, de fora. Tudo aquilo ainda estava acontecendo sem que ela estivesse lá. Onde ela estava afinal?

– Manu! Eu procurei por você que nem uma louca! – Helena veio atrás da amiga.

– Desculpa. Eu precisava de um pouco de ar.

– Sua maluca – Helena a abraçou – e o Felipe?

– Pedi um tempinho. Não sei... não tem espaço pra ele agora, entende? Não, não entende. Nem eu entendo.

– Sempre entendo, Manuela. Amigos são esses seres estranhos feitos pra isso! – riram – Deixa eu só ligar para avisar à Dinda que eu estou aqui com você.

– Dinda, oi. Eu vou ficar aqui com a Manu. Se você quiser ir na frente com o Henrique, o Gui ainda está conversando com os meninos, eu vou com ele mais tarde.

– Mas eu não estou com o Henrique – Amélia respondeu – estou com o Pedro aqui no salão de jogos.

– Com quem?! – Helena disfarçou rapidamente, passando a falar baixo em seguida. – Não sai daí! – desligou. – Manu, você me espera aqui exatamente um minuto.

– Tudo bem. O que aconteceu?

– Seu presente. Vou buscar.

Helena encontrou Pedro já se despedindo de Amélia e o agarrou pelo braço.

– Você vem comigo!

– Helena, espera! Eu entendo sua vontade de fazer uma surpresa para a sua amiga, mas isso tudo foi um erro. Eu nem devia ter vindo. Ela tem namorado!

– Namorado? Ah, o Felipe! Não, ela nunca foi namorada dele, e você sabe por quê? Porque está apaixonada por um cara que nem sabe o nome. E por causa dele, está lá na areia, sozinha enquanto rola a festa dela. Agora me diz: foi um erro você ter vindo ou você ainda estar parado aqui? Anda!

Pedro correu para fora e Helena sentou com a madrinha.

– Era pôquer?

– Buraco. E eu diria que você acabou de passar um valete de ouros.

Helena riu.

– Esse já tinha dono, Dinda. E eu já tenho um rei para completar minha canastra.

Amélia fez uma careta e Helena riu, abraçando a madrinha.

Pedro viu Manuela de costas, perto do mar, e descobriu ali que não tinha ideia de como se aproximar. Viu um dos seguranças e tentou a sorte:

– Oi, você pode me fazer um favor? – abriu a carteira e tirou dela a pulseira de Manu – entregar isso aqui para aquela moça e dizer que é o presente dela?

– Você acha que esse é o novo uniforme do correio?

– Não, por favor. Não me leve a mal. Ela é a dona da festa do salão principal e...

O segurança pegou a pulseira com cara de poucos amigos e foi em direção a Manuela.

– Senhorita, com licença. Entregaram esse presente.

Manuela estava distraída, mas quando viu a pulseira levou um choque. Era a mesma! Olhou para trás e viu Pedro, se aproximando com um sorriso tímido até parar diante dela.

– Acho que, além da pulseira, eu te devo parabéns e desculpas pelo atraso.

Manuela estava sem palavras, sem ação.

– Prazer, Manuela. Pedro.

– Mas, como? Como você...

– Helena! – ele sorriu contrariado.

– Helena! – ela levou as duas mãos à boca, como criança que não acredita ter recebido o presente que tanto queria.

– Naquele dia eu... – Pedro tentava explicar.

– Não – Manu interrompeu – não diz mais nada! Você já se atrasou demais. – E, enfim, o beijou.

V – DIAS INTERMEDIÁRIOS

Yesterday I got so scared
I shivered like a child
Yesterday away from you
It froze me deep inside
The Cure – *In Between Days*

– Meu amor, bom dia! – Manu atendia o telefone completamente derretida enquanto comprava um *brownie* no intervalo da aula.

– Estava com saudades de ouvir a sua voz, sabia? – Pedro pigarreou e disfarçou o tom imediatamente quando viu entrar um grupo de alunos na sala onde, até então, estava sozinho. – Bom, então, já é quarta e queria saber se temos planos para a Páscoa.

– Meu plano continua o mesmo! Temos um feriado inteirinho para curtir aquela cama maravilhosa do flat. Fora o almoço de sexta e o dia de domingo, que são sagrados lá em casa, sou toda sua, mocinho!

– Mas... vamos passar o tempo todo no flat? – Pedro parecia ligeiramente decepcionado.

– ... É! – Manu respondeu, desconcertada. – Por quê, você prefere fazer outra coisa?

– Não... É que temos passado todo o nosso tempo juntos no flat, nessas três semanas.

– Pedro, eu achei que você gostasse.

Nesse momento Pedro teve a certeza absoluta de que havia mandado muito, muito mal! É lógico que ele seria louco se não gostasse de passar horas com a namorada em um apartamento vazio (que ainda atendia pelo nome de "Escritório do Dr. Evandro Garcia Leal", avô de Manuela, mas estava sem uso desde sua aposentadoria). Claro que perdia a concentração só de pensar em todas as formas de aproveitar a privacidade do lugar em pleno início de namoro, mas seria estranho demais se esse confinamento não fosse suficiente? Ele deveria se sentir tão culpado por ter pensamentos que incluíssem cinema, restaurante, barzinho, família, amigos e ar rarefeito com Manuela? Além disso, um fantasma se insinuava cada vez mais: será que essa necessidade de privacidade absoluta não esconderia alguma hesitação de Manuela em assumir o namoro publicamente?

– Não, não é que eu não goste. Não é nada disso – tentou consertar. – O almoço de sexta, por exemplo. Você não acha que seria uma boa ideia se dividíssemos? Eu ainda não conheço sua família, nem você a minha. Podíamos ir juntos aos dois almoços. Todo mundo se conhece e ainda comemos em dobro, o que acha? – tentou suavizar o tom da proposta.

– Pode ser... – respostas curtas sempre eram um mau sinal com Manuela.

– E hoje, nos encontramos no nosso esconderijo secreto depois da faculdade?

– Não vai dar. Tinha esquecido, preciso sair com a minha avó. Nos vemos amanhã. Um beijo.

Manuela desligou o telefone e olhou para o nada, apertando o aparelho contra o queixo por alguns segundos. Aquilo era normal? Significava que ele tinha perdido o interesse? Ela tinha apressado demais as coisas? Ele... estava gostando de outra pessoa?!

Antes que todas as perguntas do mundo passassem por sua cabeça, se certificou que ainda tinha três minutos antes do início da aula de cultura brasileira e ligou para Helena. Ela comia correndo na Bessi (seu santuário no Centro) antes de ir para o estágio, mas tentava elucidar a questão entre uma mordida e outra do sanduíche de salmão com *cream cheese*:

– Espera, deixa eu ver se entendi: seu namorado não quer exclusivamente sexo e você se ofendeu porque ele quer assumir você em público e em programas românticos. É isso mesmo?

– Fica bem ridículo quando você coloca assim – Manu estranhou o dilema nas palavras da amiga.

– Ah, claro! Quando EU coloco assim. Manuela, você realmente acha que é pra tanto?

– Bom, pode não ser. Eu posso ter interpretado de uma forma menos minimalista que você.

– Minimalista é usar Calvin Klein no tapete vermelho. Eu só estou vendo as coisas como elas são.

Manuela virou os olhos, mas acabou rindo.

– O que seria dessa pisciana dramática sem você?

– Nada! Agora deixa eu correr que ainda quero passar na livraria antes de ir para o MP.

O dia passou tão rápido que logo a véspera de feriado se anunciava, mas, por milagre, dessa vez sem festas ou noitadas típicas.

Henrique estava com febre e acabou topando uma maratona Liz Taylor com Amélia no sofá da sala (talvez fosse um grave sinal de delírio, mas ninguém se importou). Helena e Guilherme jantaram no La Mole e depois foram dormir na casa dele – cenário perfeito quando os pais viajavam. Pedro e Manuela passaram a noite à toa, cada um em sua casa, mas acompanhados pelos pensamentos e desconfianças que tinham. E foi assim que a Sexta-Feira Santa chegou.

Os pais de Pedro, não sabendo o que servir para Manuela, resolveram fazer almoço só no domingo, o que deixou a tarde livre para que ele se dedicasse exclusivamente a conhecer a família da namorada. Já sabia que o pai de Manuela era diplomata, portanto ele e a esposa, que moravam na França, não estariam presentes. Isso fazia com que sobrassem os avós e a irmã. Pelo tanto que Pedro vinha conversando com Amélia, já tinha algumas informações sobre Luiza e Evandro. Contava com a sorte, a educação e a sinceridade de seu sentimento por Manuela para conquistar a simpatia do casal. Mas isso não impedia que tivesse ensaiado os cumprimentos algumas vezes diante do espelho. Não havia o que errar na hora H e...

– Muito prazer, Dra. Luiza e Sr. Evandro – Pedro não acreditou quando trocou as bolas justamente quando foi apresentado por Manuela aos avós.

Queria sair, voltar e recomeçar a cena do início, mas isso seria ainda mais esquisito.

– Como vai, Pedro? – Evandro estendeu a mão, sorrindo simpaticamente diante da confusão feita pelo pretendente da neta.

– Pedro de que mesmo? – Luiza perguntou em um tom bem menos agradável.

– Bacelar – respondeu. – Pedro Bacelar, Dona Luiza.

– Bacelar, aqui do Rio... acho que não conheço sua família. Em que área atuam seus pais?

– Tenho certeza de que não conhece mesmo. Minha mãe é dona

de casa e meu pai é taxista. Nós moramos na Tijuca, mas eles são de Três Rios.

Luiza lançou um olhar de discreta reprovação a Manuela, que foi interceptado por Pedro.

– Bom, vamos entrar? A Márcia já está esperando para servir o almoço. – Luiza apontou para a mesa.

– Pedro, essa é a Pietra, irmã mais nova da Manu – Evandro apresentou assim que a neta caçula entrou na sala, mas, embora Pedro tenha estendido a mão, não ganhou mais que um aceno de cabeça e uma considerável dose de desprezo.

Eles se sentaram à mesa e Pedro teve esperanças de que o desconforto fosse diminuir quando todos estivessem ocupados mastigando, mas o desespero só aumentou quando o almoço foi servido: truta ao molho de camarão. "CAMARÃO!". Pedro estava certo de ter comentado com Manu sobre sua alergia a crustáceos! Mas agora não era hora para esse tipo de revelação: negar o prato podia piorar ainda mais a situação, e Pedro imaginava que o nível seguinte àquela falta de empatia pudesse envolver ataques nucleares. Tentou pegar a menor quantidade de molho possível e encarou o inimigo no prato.

– E você, Pedro, pretende seguir a carreira de seu pai?

A ironia de Luiza fez com que o pedaço de truta quase não passasse pela garganta já inchada, mas respondeu:

– "Carreira"? Não, Dona Luiza, não tenho a menor intenção de dirigir o táxi do meu pai. Até porque ele é ciumento demais pra isso. Para não correr esse risco, estou fazendo Economia na UFRJ.

Manuela riu discretamente da resposta rápida do namorado, que também arrancou um sorriso de Evandro. Luiza, no entanto, seguiu implacável.

– Economia? Interessante... mas é uma área que demanda um certo conhecimento de mundo. Você costuma viajar muito para o exterior, Pedro?

– Na verdade, nunca estive em um avião, a senhora acredita? Mas tento compensar com estudo e todas as informações possíveis. Eu leio muito...

– Inclusive a respeito de minha neta, imagino. Manuela está sempre em revistas e colunas sociais. O que eu sempre fui contra, já que pode atrair atenção indesejada. Há muitos interesseiros por aí, sabe, Pedro? Prontos para abocanhar uma presa fácil como uma garota inocente e cheia de dinheiro.

Manuela arregalou os olhos, indignada, e fez menção de se levantar da mesa, ao mesmo tempo em que Evandro repreendeu a esposa, mas Pedro, mantendo o mesmo tom educado de antes, foi mais rápido na resposta:

– Sei sim, Dona Luiza. E imagino que seja igualmente comum cometer injustiças ao tentar defender sua neta deles. Mas devo parabenizar os senhores pela criação incrível que deram a ela. Manuela é uma mulher maravilhosa, que passa longe de ser boba, mas também não comete o erro de ser preconceituosa. Agora, se me perdoam pela indelicadeza, eu realmente preciso ir. Sou alérgico a camarões e minha tolerância... a crustáceos, está no limite. Foi um prazer.

Pedro se levantou bruscamente, com um semblante bastante contrariado. Manuela foi atrás e tentou pará-lo antes da porta.

– Amor, espera! – segurou seu braço.

– Manu, acredite, é melhor eu ir. Conversamos mais tarde.

Pedro caminhou do Arpoador ao Leblon, o que ajudou a baixar o nível de raiva e a vontade de voltar lá e dizer tudo o que ainda estava entalado (fora o camarão). Precisava desabafar urgentemente e sabia exatamente com quem.

Ao chegar à Rainha Guilhermina, em frente ao prédio, Helena buzinou para ele a bordo de sua Pajero.

– Tá perdido, Tijucano?

– Bastante, na verdade. Sua madrinha está em casa?

– Não. Hoje é Sexta-Feira Santa, ela participa de umas atividades aqui da Igreja Santa Mônica.

– Putz... e seu irmão?

– Foi com ela para ajudar a levar as coisas e... nem olha pra mim que eu tô de saída!

– Essa ideia não me passou pela cabeça.

– Ei, espera. Você não ia almoçar com a Manu?

– Ia... fui! Mas não deu certo.

– Ai, ai, ai... e você veio procurar uma vítima para conversar a respeito?

– "Vítima"?!

– Olha, eu tenho um compromisso realmente sério agora...

– Imagino que envolva compras ou drinks com aquele séquito de "Helenas Wannabe"!

– Nada disso. Mas, se o seu assunto tem a ver com a minha amiga, acho que preciso te aturar. Entra aí!

– Mas, aonde você vai?!

– Não te ensinaram a ser discreto não? Você vai saber lá e conversamos no caminho. Mas, olha aqui: nem um pio, nem mesmo com a Manu, sobre o que você vai ver hoje! Agora entra – abriu a porta do carona por dentro.

Pedro se alarmou ainda mais quando viu várias bolsas e frasqueiras cor de rosa no banco de trás.

– Eu não sei não, Helena. É alguma despedida de solteira?

– Entra! – Helena rosnou, sendo prontamente atendida.

Enquanto Pedro travava o cinto de segurança, ela ligava o som do carro e dava play em alto volume em "Summertime Blues".

– Eddie Cochran? – Pedro arqueou a sobrancelha. "Ela gosta de Rockabilly?"

Ela nem se deu ao trabalho de responder, mas também franziu a testa por um segundo. "Ele sabe quem é Eddie Cochran?" Deu partida e saíram.

– Você não tinha o direito de fazer isso, vó! – Manuela segurava a cabeça com as duas mãos.

– Eu? Eu não fiz nada. Ele que se doeu à toa. Vai ver a carapuça serviu.

– Por que você tratou ele assim, vó? Eu não te disse o quanto estou gostando dele?

– Ah, Manuela! Você gosta de um hoje, de outro amanhã...

– Mas ele é diferente!

– Diferente por quê? Porque ele é pobre? Você achou uma novidade para se divertir?

– Não é nada disso! Ele me trata diferente.

– Lógico! Ele encontrou uma mina de ouro e vai fazer de tudo pra manter!

– Vó, eu amo você, mas o que você está fazendo é horrível e me machucou muito! O Pedro pode não ter sobrenome conhecido, mas tem caráter – enxugou as lágrimas com as costas da mão, pegou a bolsa e correu para a porta.

– Manuela, aonde você vai?

– Atrás dele, Dona Luiza!

– A Luiza é mesmo uma pessoa difícil, Pedro. Mas você precisa entender que ela vem de outro tempo, de outra criação.

– Eu sei. Isso eu entendo. Mas não dá a ela o direito de me

ofender, de me diminuir, Helena. Eu não sei... não sei mais se isso vai dar certo.

– Da mesma forma que você não pode ser julgado pela condição financeira, a Manu não pode ser julgada pelas ações da avó dela. É ela que você está colocando na balança, Pedro. E isso não é justo. Bom, chegamos! – Helena estacionou na porta de uma construção que parecia um hospital. – Me ajuda com as bolsas?

Entraram e Pedro entendeu do que se tratava. Era um centro de tratamento para meninas (em geral, adolescentes) vítimas de câncer. Todas vibraram ao ver Helena, que, depois de falar com cada uma pelo nome, o que denunciava ser uma visitante frequente, apresentou:

– Meninas, hoje nós temos um convidado especial. Ele é chatinho, mas tenham paciência que eu prometo que ele não vai atrapalhar nosso dia de beleza.

Pedro acenou para elas, enquanto Helena começou a abrir as bolsas, cheias de maquiagem. Helena viu que Pedro a olhava com estranheza e explicou:

– Parece fútil, né? Trazer maquiagem para um lugar onde se tem problemas tão mais sérios. Mas é que, acima de serem pacientes, elas são garotas, Pedro. Não lidam só com o medo do que essa doença possa trazer, mas também com a bagunça que faz na vida delas. Além de perderem o ano da escola, amigos, namorados, também perderam cabelo, cílios, sobrancelhas, a cor, o brilho... Isso aqui – levantou um dos pincéis – faz com que elas, pelo menos por um dia, voltem a se ver como eram antes desse pesadelo, e como querem voltar a ser depois que ele passar. Mas, deixa isso pra lá e me ajuda aqui a colocar tudo na bancada.

Pedro não deixou pra lá, pelo contrário. Assim como várias das garotas que ouviram a explicação de Helena, ele também tentava disfarçar as lágrimas nos olhos. Que ironia: ele, que sempre tinha se orgulhado da fama de bom moço, nunca tinha feito nada que fosse capaz de mudar a vida de alguém para melhor, mesmo que por um dia. E Helena, que não se importava de ser chamada de dondoca, fazia aquilo sem que ninguém precisasse saber. À medida que as pinceladas iam revelando outros rostos, também revelavam outra Helena aos olhos de Pedro. E ali ele percebeu que também era capaz de ser preconceituoso e injusto em seus julgamentos.

Procurando a numeração anotada, Manuela chegou à porta de uma das últimas casas de uma ladeira gigantesca, que tinha subido a pé. Tocou a campainha e, quando Graça abriu, perguntou:

– O Pedro está?

– Quem é você? – Graça perguntou, desconfiada.

– Eu sou a Manuela, a namorada dele. Você é a Graça, mãe dele?

– Ele não está com você?! – interrompeu, preocupada. – Ele saiu para almoçar na sua casa!

– Não, calma, ele foi. Mas as coisas saíram meio diferentes do que planejamos.

– Diferentes como?

– Minha avó. Eu acho que ela ficou desconfiada quanto às intenções dele e disse umas coisas... ele acabou se ofendendo.

– Ela ofendeu o meu filho?

– Ela deu a entender que...

– Olha, Manuela, eu não conheço você e muito menos a sua avó. Mas conheço o Pedro. Ele vem de uma origem humilde, mas teve berço: toda a educação que eu e o pai dele pudemos dar. E não só de livro, de princípios também! Ele jamais se aproximaria de alguém por interesse.

– Eu sei, mas...

– E tem mais: eu nunca quis que ele se envolvesse com riquinha da Zona Sul. Tudo sem estrutura de família, só querem saber de farra, cada dia namoram um e ainda se acham no direito de brincar com os sentimentos dos outros. Por favor, Manuela, vai pra casa que aqui não é o seu lugar. Eu vou procurar meu filho.

Manuela saiu arrasada. Nunca tinha sido tão ofendida e tão injustamente. Graça nem a conhecia e... Foi só então que ela entendeu exatamente como Pedro tinha se sentido. Desceu a ladeira correndo, com a visão embaçada pelas lágrimas que corriam dos olhos. Chegou ao ponto de táxi e, com a voz embargada, quase não conseguiu dizer ao motorista:

– Arpoador, por gentileza.

Helena deixou Pedro na porta de casa depois de ele ter voltado completamente mudo no carro.

– Obrigado – agradeceu, piscando para ela, como quem quer dizer que foi sincero.

– Imagina. Você até que se comportou direitinho.

– Sério. De verdade. Você me fez ver tanta coisa hoje que eu nem sei dizer.

– Que bom – Helena sorriu de lábios cerrados. – Mas nada de se acostumar que eu não tenho amigo Tijucano!

Pedro riu.

– Então é melhor você ir antes que isso aqui dê a impressão errada!

Saltou acenando e abriu a porta de casa.

– Pedro, meu filho, onde você estava? Eu te liguei tanto!

– Eu desliguei o celular, mas o que houve? – estranhou.

– Eu fiquei tão preocupada! Aquela Manuela veio aqui e me contou o que a avó dela te fez.

– Espera: a Manuela veio aqui?!

– Veio. Mas eu disse poucas e boas também. Quem aquela gente acha que é? Mandei ela embora e...

– Você fez o que, mãe?! Meu Deus!

Pedro saiu correndo pela porta sem dizer aonde ia. Por um minuto, parou pra pensar que provavelmente Manuela não estaria em casa. Não... ele sabia exatamente onde achá-la.

Helena acionou a porta da garagem pelo controle do carro e viu que Guilherme a esperava na entrada do prédio. Abriu a porta do carro para que entrassem juntos.

– E então, como foi o *brunch* de páscoa com as meninas do Country? – beijou a namorada.

– Bem. Mas estou exausta! E você, como foi seu dia?

– Os meninos foram lá pra casa e fizemos um campeonato de Fifa 2014. Helena, você não vai acreditar! Eu joguei com o Real Madrid e o...

Helena escutou toda a história com a atenção de sempre, mas sem qualquer interesse genuíno. Sim, ela amava Guilherme. Mas nesses seis anos, os dois tinham se tornado tão diferentes. Pior: ele continuava exatamente o mesmo. O mesmíssimo garoto apaixonante de dezesseis anos. Mas ela é que era outra. Era uma mulher de vinte e três. E, por mais que adorasse futebol e ver o sorriso do namorado, não dava a mínima para seu gol olímpico em um campeonato de videogame! E, por um instante, enquanto alinhava o carro na vaga, a força desse pensamento chegou a assustá-la.

Manuela ouviu a campainha do flat e enxugou correndo as lágrimas, achando que já podia ser a entrega da pizza. Quando abriu, viu Pedro.

– Você estava certa. Completamente certa. A gente precisava mesmo de mais tempo aqui, sozinhos. Não dá pra se esconder, mas dá pra se fortalecer, se blindar antes de enfrentar o mundo lá fora. Se você concordar e me convidar pra entrar, eu te garanto que não há lugar no mundo onde eu queira estar mais do que aqui, com você.

Manuela abriu um sorriso imenso, ao mesmo tempo em que chorava ainda mais e abraçou Pedro com toda a força que tinha. Ele a levantou no colo e entraram rumo ao confinamento... Santo confinamento!

VI – QUASE UM SEGUNDO

Quais são as cores e as coisas pra te prender?
Eu tive um sonho ruim e acordei chorando
Por isso eu te liguei
Paralamas do Sucesso – *Quase um segundo*

Por pelo menos três semanas, a "Jeunesse Dorré" carioca vinha com mudanças bruscas em seu cotidiano – e alguns dilemas pessoais do tipo que não aparece nas páginas da Vogue.

Manuela e Pedro tinham se tornado alvo constante dos paparazzi. O relacionamento vinha rendendo beijos cinematográficos, passeios românticos de barco pelas ilhas do Rio, viagens curtas por praias paradisíacas de Búzios e Paraty e várias noites esquentando juntos as pistas da Mirroir, Tipsy e das festas mais badaladas da cidade. Manu estava em casa com essa situação, já que praia e noite sempre tinham sido seu maior forte, além de ter praticamente nascido familiarizada com fotógrafos, mídia e atenção. Já Pedro não estava tão confortável. Estar com Manuela era sempre a recompensa que fazia tudo valer a pena, mas vinha se reconhecendo cada vez menos nos programas que fazia e principalmente sob os holofotes que atraía.

Henrique tinha decidido trancar a faculdade de Economia no último período. A intenção era de voltar e retomar o curso, mas, no momento, uma necessidade urgente e angustiante de mudança tinha feito com que ele se inscrevesse em um programa de voluntários no Haiti. Todo o processo relacionado a uma atitude tão repentina durou duas semanas. Quando deu a notícia à família, já estava praticamente de malas prontas. Por mais que tenha sido complicado para Amélia, ela deu todo apoio à decisão do sobrinho-neto.

O mesmo com Helena, que tinha estranhado totalmente o surto idealista do irmão, mas, uma vez que viu que ele falava realmente sério, passou a ser uma das principais incentivadoras dessa missão que duraria pouco mais de um mês.

Falando em Helena, ela vinha se dedicando vorazmente ao trabalho. Além do estágio, estava inscrita em dois outros projetos do MP (um relacionado à homofobia e outro ao racismo) que tomavam, digamos, mais tempo do que ela tinha. Mesmo assim, o desempenho vinha sendo amplamente elogiado e reconhecido, o que a deixava ainda mais inspirada para continuar – mesmo que o ritmo do fim do quarto período da faculdade estivesse bem puxado por si só.

Na quarta-feira, ela chegou em casa exausta, pensando em como terminar o trabalho gigantesco de Direito Constitucional que precisava ser entregue na sexta. Abriu a porta do apartamento girando a chave com certa dificuldade enquanto apoiava dois códigos e a Birkin Laranja em um braço só. Quando entrou, viu que Pedro e Amélia conversavam no sofá da sala de estar. Amélia falava baixo, como se tentasse consolar Pedro, que sentava com os cotovelos sobre os joelhos e cruzava as mãos diante da boca. Se aquilo não era estar BEM preocupado, Anna Wintour não entendia nada de moda.

Pousou os livros no aparador perto da porta e se aproximou devagar dos dois.

– Oi, Dinda. Oi, Pedro. Tudo bem?

– Helena, minha filha, estava mesmo esperando você. Preciso da sua opinião – Amélia disse, provocando uma reação imediata de Pedro.

– Amélia, desculpa, mas eu preferia que ficasse só entre nós. Não é nada com a Helena, lógico. É que eu ainda nem falei nada com a Manuela, era só um desabafo mesmo.

Amélia respondeu apenas colocando a mão sobre o braço de Pedro, como se pedisse para esperar e a deixasse conduzir a situação.

– Helena, os pais do Pedro conversaram com ele hoje e disseram que continuar morando aqui no Rio se tornou insustentável. Eles ainda têm a casa em Três Rios e decidiram voltar para lá na semana que vem. Como você pode imaginar, Pedro está muito abalado e preocupado.

– Claro, imagino! O último período da faculdade, o namoro com a Manu... Que chato isso, Pedro. Sinto muito.

– Mas – Amélia retomou – queria propor uma coisa ao Pedro e espero que você concorde.

Helena concordou, balançando a cabeça, sem ter ideia do que a madrinha tinha em mente.

– O Pedro tem uma prova do BNDES no final do ano. Tenho certeza de que, se empenhando, vai passar e poder arranjar o cantinho dele. Enquanto isso, eu queria que ele ficasse morando aqui, com a gente.

– O quê?! – O grito de Helena cortou o tom intimista da conversa. – Mas... morar aqui?! Dinda! Nós só conhecemos ele há alguns meses!

– Amélia, eu agradeço mais do que você possa imaginar, mas concordo com a Helena. Vou tirar a liberdade de vocês e é normal que ela se sinta constrangida.

Pedro não podia estar mais sem graça. Não sabia nada sobre a proposta de Amélia e agora se via totalmente desconfortável diante de uma Helena com cara de quem poderia cuspir fogo a qualquer momento.

– Nada disso, Pedro – Amélia continuou. – Tenho certeza de que o Henrique não vai se importar em ter você aqui, quando voltar, e a Helena vai compreender. Temos um quarto de hóspedes enorme e vazio e...

– Isso com certeza foi a coisa mais incrível que alguém já fez por mim, Amélia – Pedro a interrompeu. – De verdade, eu nem sei o que dizer. Mas não posso aceitar. A Helena não se sentiria à vontade e...

– Nananão! Pode parar! – Helena voltou enfática para a conversa. – Eu sei que você está fazendo, seu, seu... ladrão de madrinha! Não bastasse ficar todo bom moço, de tititi com ela pra baixo e pra cima, agora quer morar aqui em casa? Não senhor, mocinho: eu não caio na sua!

– Escuta aqui, Helena, eu nunca pedi pra morar aqui! Aliás, nunca pedi nada! Só quis desabafar com a Amélia que, você goste ou não, é sim uma grande amiga pra mim. Mas não se preocupe. Como você mesma disse, ela é SUA madrinha, assim como essa é a SUA casa e os MEUS problemas não têm nada a ver com você. Amélia, desculpe por tudo. Eu tenho que ir.

Quando Pedro fechou a porta, Helena continuava na mesma posição, ainda um tanto confusa. Amélia se levantou e foi para o quarto sem dizer uma palavra. Helena tinha calafrios quando ela agia assim.

Nem todas as notícias eram ruins naquela noite. A poucos quilômetros dali, Manuela comemorava o telefonema de Simone Davos, editora-chefe da In, revista que era uma verdadeira bíblia de moda e comportamento para os jovens de classe A e AA no Brasil. Parecia um sonho ter sido convidada para assinar uma coluna semanal só dela na revista. Na manhã seguinte, as duas tomariam café juntas para acertar os últimos detalhes. Mas, agora, só queria compartilhar a novidade (que já tinha sido comemorada praticamente com foguetes pela avó) com a melhor amiga e o namorado. Mas nenhum dos dois atendia o celular. Lá pela milésima tentativa, Pedro, que estava chegando em casa, atendeu.

– Amor, eu preciso te contar uma coisa! – disse, toda animada.

– Oi, Manu – Pedro estava com o tom oposto – eu também preciso te contar uma coisa...

– Bom, como eu liguei, primeiro eu! – brincou. – Sou a nova colunista de *lifestyle* da In!

– Colunista de *lifestyle*? – Pedro tentava entender, mesmo com a cabeça explodindo de dor e de problemas.

– Yesss! Vou falar sobre as coisas que faço, os lugares que frequento, as peças que eu uso... não é o máximo?

– É. Acho que sim, amor. Eu realmente acho que você pode alçar voos maiores como jornalista do que um diário público, mas, se isso te deixa feliz, eu também fico.

Pedro estava tão absorto em seus próprios demônios, que passou longe de perceber o quanto tinha atropelado os sentimentos da namorada como uma BMW desgovernada em velocidade máxima. Manuela demorou alguns segundos até acreditar que a reação do namorado tivesse sido realmente tão absurda.

– Tudo bem, agora eu preciso te contar uma coisa, e isso é realmente sério – Pedro arrematou.

Xeque-mate! O complemento conseguiu a façanha de ser ainda pior, e agora Manuela não conseguiria segurar a onda.

– Como assim “isso” é “realmente” sério? Por acaso o que eu acabei de te dizer não era?

Caiu a ficha. Pedro tinha sido um autêntico idiota, nem dava pra questionar isso. Mas ele precisava fazer Manuela entender que a intenção não tinha sido aquela. Longe disso!

– Não, amor, escuta! Claro que a coluna é importante. O que eu quis dizer é que o que eu tenho pra te contar vai fazer uma diferença grande na nossa vida.

Uau!

– Pedro, desculpa por ter tomado seu tempo com besteiras sem importância. De verdade. Eu vou dormir porque amanhã assino contrato com minha futura chefe e isso faz diferença... pra mim! Boa noite!

Ela realmente tinha desligado. E isso fez com que Pedro ficasse tão surpreso quanto chateado. Não chateado com ela: com ele mesmo. Por ter sido tão desprezível com a namorada sem nem perceber, e depois por ter sido incapaz de explicar o mal entendido. Mas o fato é que nada do que ele pudesse dizer depois mudaria o que disse antes.

– O que mais? Sério, o que mais falta hoje? – falou sozinho enquanto abria a porta do quarto com um chute seco e sentava na beira da cama.

Era melhor dormir antes que viesse uma resposta.

Manuela acordou às oito para se arrumar sem dar margem a atrasos. Quando chegou à sala para dar um beijo de bom dia nos avós, encontrou uma caixa de bombons da Kopenhagen sobre a mesa. E para sua surpresa, era sua.

– Não quis te acordar antes da sua hora, mas isso chegou há uns vinte minutos – Luiza avisou.

Manuela encontrou o cartão preso atrás da caixa e abriu com tanta curiosidade que o envelope virou um origami. Correu os olhos pelas letras: "Recebi sua mensagem ontem. Estou muito feliz! Boa sorte e muito sucesso na nova jornada da minha melhor amiga. Helena".

Ok, Manu podia ser perdoada por sentir uma imensa frustração nesse momento? Lógico que receber essa surpresa de Helena era uma sorte e tanto, mas... Como ela esperou, por todos aqueles longos segundos, que os chocolates fossem um pedido de desculpas de Pedro! Ele tinha pisado tão feio na bola, que era a última pessoa em quem ela deveria estar pensando naquela hora, mas, por pior que tivesse sido a atitude do namorado, parecia tão pouco típica dele, que ela tinha passado boa parte da noite tentando arrumar uma desculpa que justificasse tudo. Só que ele não tinha dado desculpa alguma. Os bombons não eram dele e vinte preciosos minutos já tinham se passado. Manuela correu para o banho.

Helena se surpreendeu ao encontrar Guilherme no corredor da faculdade em seu horário de intervalo. Dispensou delicadamente as colegas de turma com quem pretendia tomar um chá gelado e se dirigiu ao namorado, intrigada.

– Essa visita surpresa é por um bom motivo? – passou a mão pelo cabelo de Gui até a nuca e o puxou para um beijo, que ele retribuiu com muito mais intensidade do que cabia em um cumprimento em público em uma faculdade católica.

– Eu precisava conversar com você. Não dava pra esperar até a noite.

– Tá tudo bem?

– É isso... é isso que eu não sei. Tá?

– Como assim, Guilherme?

– Não sei. Eu tenho te sentido tão diferente. Distante. Aconteceu alguma coisa? Eu fiz alguma coisa?

– Ei! Olha pra mim! Enlouqueceu? Não aconteceu nada. Eu tô aqui, Gui! Tem sido tudo muito corrido: trabalho, faculdade, casamento da mamãe, Henrique viajando, Manu, Pedro...

– Desde quando o Pedro entrou na sua lista de prioridades?

– Pois é, não entrou: foi inserido manualmente. Minha madrinha quer que ele vá morar com a gente agora que os pais dele vão voltar pra Três Rios. Eu disse que não tinha gostado nada dessa adoção, e agora ela tá com uma tromba gigante pra cima de mim.

– Jura que ele ficou desabrigado? – Guilherme riu.

– Jura que você achou isso engraçado? – Helena respondeu séria – Que parte: a de que o menino tem faculdade e namorada aqui ou a da possibilidade de que em breve ele esteja morando no quarto do lado?

– Não, calma. Não precisa brigar comigo.

– Então, é tudo isso, entendeu? Tem sobrado pouca Helena.

– Toda Helena do mundo ainda não é suficiente pra mim, VOCÊ entendeu? – Guilherme puxou Helena pela cintura – De você eu quero tudo, o tempo inteiro e só pra mim!

Por mais que isso tivesse um ligeiro toque doentio, havia algo de absurdamente atraente nesse tom possessivo de Guilherme. Toda aquela intensidade e urgência tinham um efeito magnético sobre ela. E foi só com o sinal de retorno à aula tocando que ela lembrou que estava no meio da faculdade.

– Você é louco, sabia?

– Completamente, Helena Piva de Albuquerque. Por você!

– Chega! – Ela escapou de mais um daqueles beijos que já iam começando de novo. – A gente se fala à noite.

– Dorme comigo hoje?

– Hoje é quinta, Gui! Amanhã, tá bom? – mais um beijo.

– Amanhã...

Helena voltou para a sala de aula com cara de criança que fez algo que a mãe não deixa. E, pela primeira vez em um bom tempo, 100% dos pensamentos dela se encontraram direcionados para um só tema: Guilherme Lunardelli.

Quando Manuela chegou à Colombo do Forte de Copacabana, usando rabo de cavalo baixo, terninho branco e uma sandália de salto alto transparente, constatou em seu Hublot branco que estava apenas um minuto atrasada. Olhou pelas mesas já ocupadas e viu Simone, impecavelmente vestida com um tubinho creme, óculos escuros enormes e os cabelos disciplinados como uma aluna de internato suíço, repartidos ao meio com fios loiros e retos.

– Manuela, querida! – se levantou para cumprimentá-la com dois beijinhos – é um prazer conhecê-la pessoalmente.

– O prazer é todo meu, Simone! E você não imagina como me sinto honrada com esse convite.

– Manu, você é a pessoa certa para o que procuramos. Uma futura jornalista, claro, mas, acima de tudo, alguém que vive de fato o modelo de vida que a revista vende. Quero que as pessoas se identifiquem, e que quem não pode se dar ao luxo de se identificar, sonhe em ser Manuela Garcia Leal. Você é a garota "In" perfeita!

Manuela sorriu animada, com faíscas nos olhos.

– Mas será que a minha vida vai ser tão interessante assim para as pessoas?

– Você só pode estar brincando, né? Quem não queria ter a sua vida, Manuela?

Manu abriu a bolsa correndo quando ouviu o toque de SMS. Tinha se esquecido de colocar o iPhone no silencioso. Mas toda a preocupação com o barulho ter incomodado deu lugar a um imenso sorriso bobo quando ela leu a mensagem.

"Ainda dá tempo de me desculpar por ter sido tão ridículo ontem, e desejar todo sucesso à jornalista mais linda do mundo?"

– Desculpa, Simone! Onde a gente estava mesmo? – tentava disfarçar a alegria que parecia transbordar.

– Não, peraí! Eu preciso saber o que provocou essa felicidade toda na minha nova colunista!

Manuela deixou escapar uma gargalhada espontânea e, transparente como sempre, abriu o jogo:

– Uma mensagem do meu namorado. Eu sei que parece bem bobo, mas estávamos meio brigados ontem e ele acabou de se desculpar.

– É o rapaz que estava com você em Búzios naquelas fotos calientíssimas?

– Ele mesmo – escondeu o rosto com as duas mãos e seguiu adiante – Pedro Bacelar. Ele está se formando em Economia, é inteligente, sensível... E eu confesso que estou completamente apaixonada!

– Mas sabe que eu ainda não ouvi nada sobre a família dele? São daqueles tipos milionários discretos?

– Não! Os pais dele são de Três Rios e moram na Tijuca.

A visível decepção de Simone deu origem a um silêncio inevitável por alguns segundos até que a editora tomasse coragem para arriscar:

– Manu... A princípio não tenho nada a ver com sua vida particular... mas será que assumir esse namoro em tons tão sérios seria o ideal, pelo menos por agora?

– Ideal?

– Sim, será que combinaria com essa imagem da In, das nossas leitoras, da sua coluna?

– Eu... – Manuela parecia abalada – não tinha pensado nisso, mas não tenho intenção de fazer parecer menos sério com o Pedro do que realmente é.

– Não, não se trata de esconder nada, e sim de preservar! Por exemplo: hoje nós temos uma das festas anuais da In, o baile beneficente de gala no Museu de Belas Artes. Seria a oportunidade ideal para apresentar nossa nova colunista. Mas você acha que o Pedro se encaixaria nisso?

– Assim de surpresa? Provavelmente não.

– Vou deixar dois convites com você, e você decide como vai usá-los, combinado? Agora vamos aos detalhes do nosso contrato...

As palavras seguintes de Simone eram de extrema importância, mas mal foram registradas. Manuela estava desnorteada. Podia ser que forçar a barra para que Pedro fosse à festa colocasse tudo a perder. Mas não levá-lo seria admitir que ele não se enquadrava em sua vida. Manu deu um gole na Evian que tinha pedido há pouco e tentou se concentrar no que Simone dizia.

Helena trabalhou em velocidade recorde e pediu dispensa mais cedo, saindo por volta das três da tarde. O que tinha dito mais cedo a Guilherme era totalmente verdade: estava com coisas demais na cabeça e mal conseguia se concentrar em qualquer atividade. Naquele momento, tinha uma sensação terrível de estar esquecendo algo, martelando sem parar em sua cabeça. Resolveu dar uma pausa em todo aquele abalo sísmico e focar no trabalho que precisava entregar no dia seguinte. Se enclausurar na Biblioteca Nacional, com celular desligado e atenção totalmente dedicada a "remédios constitucionais" pareceu a solução perfeita. Partiu para lá com sua camisa Anne Fontaine branca, saia lápis preta e batendo os *block heels* com determinação pelas pedras portuguesas do Centro, em direção à Cinelândia.

Pedro estava fazendo uma triagem nos livros enquanto encaixotava os que iam com ele na mudança. O Faith no More aos berros no fone de ouvido podia até ajudar fazendo com que se esquecesse dos problemas, mas também impedia que ele ouvisse o celular tocando esquecido na sala. Quando passou por ele com duas sacolas de lixo na mão, viu que havia uma mensagem de voz. Tirou os fones de ouvido e escutou.

– Pedro, sou eu, Amélia. Estou ligando para o celular da Helena, mas ela não me atende. Fiquei preocupada porque hoje vou receber uma medalha no sindicato e ela ficou de me levar à cerimônia. Será que ela esqueceu? Como a Manu também não atende, queria saber se você está sabendo de alguma coisa. Um beijo.

Pedro ligou correndo para Helena e para Manu, mas teve a mesma resposta: ninguém atendeu. Helena andava realmente no limite, era possível que tivesse esquecido. Mandou uma mensagem de texto para ela e resolveu as coisas ao seu modo.

– Alô, Amélia? É o Pedro. Eu me atrasei um pouco, desculpa, mas já estou chegando.

– Chegando? Como assim?

– A Helena me ligou mais cedo avisando que teve uma reunião agendada de última hora e ficou preocupada com sua cerimônia. Ela me pediu para levar você, o que, pra mim, será uma honra!

– Ah, obrigada, meu filho! Eu sabia que a Helena não ia esquecer. Estou esperando você então.

Enquanto ouvia a última frase, Pedro já driblava as caixas empilhadas no quarto, procurando uma roupa para a ocasião.

– Só espero que a Helena não se irrite mais ainda comigo por isso...

Manuela chegou em casa convicta de que convidar Pedro era a melhor saída. Ligou para o namorado antes mesmo de chegar ao quarto.

– Oi, Manu! – Pedro atendeu enquanto vestia uma perna da calça social, equilibrando-se ao segurar o telefone.

– Oi... Tudo bem? – Manu perguntou rindo do tom esquisito.

– Tá tudo bem sim, amor. É que estou me vestindo correndo.

– Vai sair?

– Vou levar a Amélia a uma cerimônia... é uma história longa, acredite. Mas foi tudo bem lá hoje?

– Foi sim. Contrato assinado! E hoje tem uma festa da revista e...

– Festa antes mesmo de começar a trabalhar? Tenho a impressão de que você vai adorar esse emprego.

– Pois é! E eu queria saber se...

– Espera um segundo! – Pedro interrompeu para atender o interfone.

Era o táxi que tinha pedido e, para encarar essa missão, ainda precisava pegar os últimos trocados que guardava na latinha do Johnny Cash antes de depositar na poupança.

– Manu, eu preciso ir. O táxi chegou e eu nem peguei o dinheiro. Me liga quando voltar da festa?

– Claro... beijo!

Pedro tinha poupado todo o dilema de Manu com essa resposta.

Pietra entrou na sala e viu a irmã segurando o celular com um olhar distante.

– Ei! Tá tudo bem?

– Pi... namorar dá tanto trabalho!

– Crise, é? Quer sair pra tomar um absinto comigo?

– Que light! – Manuela riu – acho que vou passar o convite, irmã. Mas acabei de ter uma ideia incrível. Separa seu melhor vestido, Pietra! Hoje você é minha acompanhante no baile de gala da In!

Pedro também foi o acompanhante perfeito, mas de Amélia. Levou-a ao evento, assistiu a toda a cerimônia, aplaudiu de pé seu discurso e a levou para casa. Embora tenha dito que tudo havia sido obra de Helena, ele se sentia totalmente recompensado diante da alegria de Amélia. Isso já valia o esforço e, principalmente, a despesa não planejada. Mas, voltando para a Tijuca, voltou a pensar no retorno a Três Rios.

Helena finalmente tinha terminado o trabalho. Arrumou as coisas e pegou um táxi na porta da biblioteca. Só dentro dele resgatou o celular abandonado desligado na bolsa, vendo as ligações perdidas de Amélia e o SMS de Pedro ("Fica tranquila: eu levo a Amélia à cerimônia. Dê notícias"). Quase teve uma síncope! Não só tinha se esquecido do compromisso e deixado na mão a pessoa que mais amava no mundo, como tinha dado de bandeja pontos para Pedro que, claro, tinha aproveitado sua falha para ganhar a confiança de Amélia.

– Motorista, por favor, vá o mais rápido que puder!

Manuela se arrumou com a ajuda da avó. Optou por um vestido lavanda longo com camadas de renda e decote princesa. Pietra, no quarto ao lado, terminava de ajeitar o cabelo em uma cascata de ondas e retocar o batom vinho escuro. O midi bordô em forma de *corset* com *peplum* nos quadris dava um ar de *pin up* mal comportada extremamente sexy à irmã mais nova de Manu.

– Estou pronta! – Pietra apareceu na porta do quarto.

– Estão lindas as minhas netas. Mas por que esse batom tão escuro, Pietra? – Luiza era imbatível.

– Vó, o batom da Pietra está super na moda. Agora vamos: o vovô vai levar a gente.

Helena chegou em casa pronta para se desfazer em desculpas e justificativas, quando encontrou a madrinha feliz da vida na sala.

– Milha afilhada, que pena que você não pôde ir! Mas obrigada por ter cuidado de tudo!

– De tudo? – Helena não tinha entendido absolutamente nada!

– O Pedro me explicou, não se preocupe! Da sua reunião no trabalho, do seu pedido pra ele me levar, de você ter providenciado o táxi, as flores, tudo!

Helena abraçou a madrinha com força enquanto segurava as lágrimas. Não havia nada que ela detestasse mais do que duas coisas: desapontar Amélia e ser injusta com alguém. Dessa vez ela tinha conseguido as duas coisas, mesmo que Amélia sequer soubesse disso. O tamanho da angústia e da culpa que engoliu junto com o choro entalaram na garganta, fazendo com que mal pudesse respirar.

Manuela já tinha dado dezenas de entrevistas e posado para outras centenas de fotos, mas parecia completamente deslocada no baile depois de ter sido abandonada por Pietra (que, a essa altura, já tinha virado dezenas de taças de champanhe, feito centenas de amigos e sido marcada em inúmeros cliques no Instagram de famosos e anônimos). Manuela andava pelos corredores menos disputados do museu até que parou, não acreditando no que via: ali, de smoking e braço dado com Antônia Dantas, uma das estilistas mais respeitadas do Brasil. Não era possível que fosse ele. Mas... era! Manuela não conseguiu conter a surpresa:

– Felipe!

Ele olhou e retribuiu com a mesma animação inesperada:

– Manuela! Nossa! – e se dirigiu a ela, ainda com Antônia – Mas o que você está fazendo aqui?

– Eu fui contratada pela In ontem. Mas e você? O que um engenheiro naval tem a ver com o mundo da moda?

– Na verdade, a única coisa que eu tenho a ver com tudo isso é ela! – Apontou para Antônia – Manuela, essa é...

– Antônia Dantas! – Manuela se adiantou ao cumprimentar a estilista.

– Bom, isso mesmo, Antônia Dantas. Mas eu ia dizer que essa é minha mãe!

Manuela ficou absolutamente sem graça, já que podia jurar que os dois estavam juntos.

– Meu Deus, Felipe! Você nunca me disse que era filho de uma das estilistas mais incríveis do mundo!

– É... tem muita coisa que eu nem tive tempo pra te dizer.

Antônia interrompeu um breve momento de silêncio desconfortável:

– Bom, acho que vou colaborar dando um tempo para vocês conversarem. Preciso mesmo falar com algumas pessoas. Foi um prazer, Manuela. Nos vemos mais tarde, Lipe – saiu à francesa antes dando um simpático sorriso para Manu.

– Acho que você vai ter que me aturar por alguns minutos pelo menos – brincou Felipe.

– Imagina, vai ser um prazer! Até porque, estou completamente deslocada aqui, confesso!

– E eu então? Mas pelo menos conseguimos nos ver... E aquele cara? Deixou de ser o mais burro da década e reapareceu?

– É, reapareceu... – Manu riu.

– Ah, finalmente. Então vocês estão juntos?

– Não... não exatamente.

Não me pergunte porque nem mesmo Manuela sabia por que motivo tinha dito aquilo!

– Vem cá! – Felipe interrompeu o interrogatório – se tem uma coisa boa nessas festas, é a música. Você vai me dar razão!

Helena ligou para Guilherme. Precisava conversar com alguém sobre sua crise de consciência.

– Oi, amor! – Guilherme atendeu em tom estranho, como se abafasse o barulho em volta.

– Gui? Onde você tá? A ligação tá péssima!

– Em casa. É que tá rolando uma discussão aqui em casa. Estresse entre meus pais, acaba sobrando pra mim também.

– Nossa, amor! Mas você não tá podendo conversar?

– Eu posso te... – a ligação caiu.

Helena esperou um pouco, mas como Gui não retornou, ela mesma ligou de volta. Caiu na secretária. Ia desistir, mas resolveu ligar para a casa do namorado, pelo menos para dar boa noite.

– Alô – Heloísa atendeu.

Droga, ela tinha acabado de interromper a discussão dos pais do namorado. E agora?

– Oi, Helô! – respondeu sem graça.

– Heleninha, minha querida. Como você está?

Helena estranhou tamanho bom humor para quem estava colocando a casa abaixo com o marido minutos antes.

– Tudo bem. Eu estava falando com o Gui, mas a ligação caiu.

– Pelo celular, né? Porque ele não está aqui não, minha nora. Saiu com o Rafael e o Diogo.

Helena sentiu um misto de embrulho no estômago e frio na espinha.

– Tá bom então, Helô – manteve o controle fechando os olhos.

– Quer deixar recado?

– Não, obrigada. Não precisa. Um beijo.

Manuela recuperava o fôlego saindo da pista de dança, não só por ter dançado por horas a fio com Felipe, mas por ter morrido de rir com as observações dele sobre o mundinho da moda e suas excentricidades. Quando chegaram juntos ao hall, Simone e Antônia conversavam.

– Lipe, estava procurando por você. Vamos juntos ou você fica mais um pouco com a Manuela? – A estilista perguntou.

Felipe ia responder quando Manuela foi mais rápida:

– Vai com a sua mãe. Nem tem cabimento ela voltar sozinha.

– Que moça mais educada! Obrigada, Manuela. Foi um prazer conhecer você. – As duas se despediram com dois beijinhos.

Em seguida, Manu se aproximou novamente de Felipe.

– E você, obrigada por ter me salvado da festa – falou baixinho para que só ele ouvisse.

– E você ficou me devendo esse da última vez que a gente se viu – segurou Manu pela nuca e deu nela um beijo cinematográfico, ao qual ela, sem tempo de reação, não correspondeu, mas também não repeliu. – Me liga!

Manu ficou completamente paralisada enquanto Antônia e Felipe iam embora.

– Agora sim, Manu! Esse é um namorado perfeito para minha colunista exibir! – Simone aplaudiu brincando.

– Não, Simone, não é nada disso. O Felipe é um amigo.

– Uau! Beijos assim entre amigos também rendem ibope! – ironizou.

– Não! – Manuela não sabia como explicar – aquele beijo foi um erro. Não foi nada.

– Nada?! E eu achando que EU é que estava me divertindo! – Pietra veio em direção às duas.

– Pietra, onde você se meteu a festa inteira? Desapareceu!

– Desapareceu? – Simone entrou na conversa – Ninguém apareceu mais do que ela essa noite! Que tremenda It-Girl você escondia em casa, Manu! Bom, meninas, eu estou indo. Vocês querem uma carona?

– Seria ótimo! – Manuela respondeu.

– Então me dá um minuto, Simone? Vou me despedir do pessoal e já volto.

– "Pessoal"?! – Manuela e Simone riram – de onde minha irmã conhece essas pessoas?

– A Pietra parece escolher bem com quem ela é vista. – Simone respondeu – Espero que seja de família – piscou o olho e Manuela sabia exatamente o que ela estava querendo dizer.

Já passava da meia-noite quando Pedro parou de encaixotar os

CDs para conferir quem estava buzinando alucinadamente na porta do prédio. Quando chegou à janela, ficou surpreso ao ver Helena no carro e desceu correndo.

– Perdida na Tijuca? – se debruçou na janela da Pajero.

– Vim te dar uma carona.

– Carona? Mas eu não vou sair hoje.

– Isso mesmo. Você não precisa mais ir a lugar algum: vim te levar pra casa.

Alguns segundos sem uma palavra explicaram tudo.

– Helena, eu...

– Você vai subir e pegar o essencial. O resto a gente pega amanhã. Mas vai voando que eu perdi o jogo do Fluminense hoje e a reprise começou agora no Sportv.

– Futebol? Como você nunca me disse que gostava de futebol?

– Ô Marília Gabriela, dá pra me entrevistar mais tarde? Agora vai, anda!

Pedro riu com a sequência de surpresas e, ao mesmo tempo, com o jeito de Helena pedir desculpas. Correu para dentro do prédio novamente. Estava de mudança sim. Mas para o Leblon.

VII – MENTIRAS E MANCADAS

Paixão cruel desenfreada.
Te trago mil rosas roubadas
Pra desculpar minhas mentiras,
minhas mancadas
Cazuza – *Exagerado*

Manuela não dormiu naquela noite de quinta. Definitivamente faltou tempo para fechar os olhos. Primeiro devorou metade de uma barra de chocolate que se insinuava na escrivaninha. Então puxou o *tablet* pra cima da cama e tentou fazer um esboço do que seria sua estreia na coluna. Detestou. Deletou. Passou por todos os canais da TV, assistiu a um episódio antigo de "Friends" sem prestar atenção. Bebeu uma garrafa inteira de água gelada, colocou os fones de ouvido e achou que James Morrison pudesse dar uma mãozinha na chegada do sono. Mas, quando fechou os olhos, não pensava em mais nada além do beijo...

– Que inferno! – pensou em voz (consideravelmente) alta quando se sentou novamente e arrancou os fones.

Cobriu o rosto com as mãos e depois os olhos. Não conseguia nem entender o que tinha acontecido. Se tinha sido contra a vontade, não havia motivo pra culpa. Mas, e se não tivesse sido tão contra a sua vontade assim?

O *iPhone* ecoou um sonoro sinal de mensagem recebida que a trouxe de volta a tempo de ler o que Helena tinha enviado.

Ocorre que, a poucos quilômetros do Arpoador, Helena também não conseguia dormir. Não tinha mais dúvidas de que concordar com a mudança de Pedro havia sido a melhor decisão. Na verdade, nem esperava ter uma primeira noite tão divertida com ele, a madrinha, futebol e pizza. O problema era a ligeira insegurança de que a melhor amiga pudesse se incomodar com essa situação nova. Para dar a notícia e explicar bem os motivos, fez o que sabia melhor: escreveu. Um e-mail enorme para Manuela.

Quando Manu terminou de ler, sentiu uma imensa culpa por sequer saber que Pedro estava passando por uma situação tão delicada. Não sentiu nenhuma pontada de ciúmes da amiga, em quem confiava plenamente. Só quis imensamente ter feito o papel dela, estando ao lado dele em um momento como aquele...

Mas a simples menção ao namorado fez com que retomasse todo o dilema de antes. Ela estava mesmo apaixonada por Pedro. Adorava o jeito tímido e introspectivo dele, tão diferente do seu. Amava o quanto se sentia protegida pelo abraço dele, e do quanto adorava beijá-lo quando ele menos esperava (geralmente quando ele estava concentrado explicando algo, com aquele jeito metódico). Sim, aqueles eram os beijos que contavam. Não o outro.

Felipe era irresistível, ok! Tão perfeito em todos os quesitos que qualquer deslize poderia ser considerado inexigibilidade de conduta diversa, certo? Mas Pedro não conseguiria nunca entender, esquecer ou perdoar, uma vez que soubesse daquilo. Mas... ele não precisava saber! Uma omissão piedosa parecia muito mais interessante do que a sinceridade irrestrita e... sem retorno.

Helena saiu da faculdade logo depois de apresentar o bendito trabalho de Constitucional. Precisava pegar o Carlos Miele escolhido para o casamento da mãe no Shopping Leblon antes do estágio. Em tempo recorde, deixou a loja, tentando encontrar o ticket do estacionamento na bolsa com uma mão enquanto a outra segurava o vestido novo. Tateou o que procurava e levantou a cabeça com um certo alívio assim que encontrou. Só então viu Guilherme, parado de pé esperando por ela. Claro que não tinham combinado. A última coisa que ela queria era encontrar com ele antes de conseguir decidir como iria lidar com a mentira da noite anterior. Mas o Foursquare sabia ser um dedo duro de primeira nessas horas!

– E então, vai me dizer por que está me evitando desde hoje de manhã ou vai me torturar mais um pouco?

A menos que ela estivesse disposta a gritar pelo segurança do shopping, ele não ia desaparecer. Sendo assim, a única opção era encarar aquela situação.

– Evitando você? De onde você tirou isso?

– Daqui! – Guilherme mostrou na tela do celular as dezoito chamadas feitas para o número dela.

– Foi um dia cheio. Está sendo. E eu não queria incomodar por causa da briga dos seus pais ontem.

– Ah, nem fala. Um saco! Mas acho que eles já se acertaram. Hoje estavam tomando café juntos numa boa.

A última chance tinha sido lançada e ele tinha desperdiçado o tiro de misericórdia da pior forma possível.

– E quando você pretendia me contar?

– Contar o quê?

– Que foi adotado.

– Oi?! – Tudo bem, agora ele realmente estava perdido na conversa.

– Sim, porque eu falei com a Helô ontem à noite, depois que a ligação caiu, e ela não estava brigando com o seu pai, nem você estava em casa. Só me resta imaginar isso.

Por alguns segundos Guilherme enviou repetidos comandos do cérebro para o corpo para dizer alguma coisa, mas nenhum deles funcionou.

– Licença, Guilherme – Helena o tirou do caminho com um empurrão e um olhar de desprezo cortante.

– Helena, espera!

– Me deixa em paz!

– Deixa eu explicar pelo menos! Estamos juntos há seis anos e na primeira situação dessas você nem quer me ouvir?!

Helena parou, virou-se na direção de Guilherme e fez a generosa concessão:

– Você tem cinco minutos.

Guilherme foi inteligente o suficiente para perceber que não estava em condições de negociar.

– Tudo bem. Eu não queria te falar isso porque é algo pessoal dele, mas vamos lá. É o Rafael. O Diogo me contou ontem na faculdade que desde que o pai do Rafa faleceu ano passado, a mãe e ele vêm enfrentando bastante dificuldade. Eu nunca ia imaginar e, você sabe, o Rafa é todo orgulhoso. Por isso o Diogo veio me dizer que eles estão a ponto de perder a casa. Eu tive que interferir! O Rafa é meu melhor amigo... chamei os dois pra conversar, fomos à casa dele e insisti até que eles aceitassem um empréstimo. Bom, é isso. Só não imaginei que isso fosse me render uma briga com você.

Helena hesitou por alguns segundos. Como ela odiava mentira! Mas odiava mais ainda ser injusta. Seus olhos estavam cheios d'água quando ela olhou dentro dos olhos de Guilherme e apelou para o que ele tivesse de mais sincero.

– Gui, você não teria coragem de mentir assim pra mim, teria?

– Não! Claro que não, meu amor! – Guilherme a abraçou com toda a força que tinha. – Eu nunca vou trair sua confiança, Helena. Nunca!

Ela se recompôs, enxugando os olhos e retomou o tom de costume:

– Agora chega de cena no shopping que isso não é novela do Manoel Carlos! Vamos antes que o vestido vire plissado! Você já amassou ele todo!

Pedro recebeu uma sequência de mensagens apaixonadas de Manuela durante toda a manhã e começo da tarde. Isso não era exatamente comum, mas ele não tinha do que reclamar. Só não conseguiu responder todas elas, já que o dia na faculdade tinha sido puxado. Para completar, os integrantes do grupo insistiram em comemorar a suada nota nove do trabalho juntos no Outback. Pedro negou de pronto, estava longe de poder bancar uns sessenta reais no susto. Daniel entendeu automaticamente o porquê da recusa e se apressou em dizer:

– E é tudo por minha conta, hein?

Bem verdade que é mais fácil ser tão generoso quando se é filho do dono de uma metalúrgica, mas Pedro continuava se sentindo pouco à vontade com o convite.

– Pedrão – Daniel insistiu, colocando o braço por cima do ombro do colega – sem a sua presença esse trabalho ia ter levado um cinco com sorte, e você sabe disso! Comemorar sem você não existe! Não vai fazer essa desfeita, vai? Eu ligo pro Henrique agora, mando ele voltar daquela viagem maluca e te mandar pra Rio Verde!

– Três Rios! – Pedro corrigiu rindo – e tudo bem. Já que vocês não vão desistir, eu faço esse sacrifício.

Cebola australiana 1 X Ligar para a namorada 0.

Manuela chegou à redação da In desesperada procurando por Simone. Tinha recebido dezenas de mensagens comentando sobre a foto dela no evento da noite anterior, ao lado de Felipe. Nada tão comprometedor assim, mas se Pedro visse, podia interpretar mal (o que seria verdade, pra piorar!). Seus futuros colegas de redação a olhavam de cima a baixo, cochichando entre si sem muita preocupação com o fato de não serem invisíveis. "Bem vinda ao mundo da moda" – pensou. Uma recepcionista que parecia uma Barbie oriental a levou até a sala da editora, passando por corredores brancos com espelhos de diferentes tamanhos emoldurados nas paredes.

Ao ser anunciada, foi recebida com entusiasmo por Simone.

– Manu, que surpresa! Pode entrar, querida – fez um discreto sinal que resultou no desaparecimento digno de Houdini da recepcionista. – Não esperava receber seu texto até segunda.

– Pois é... na verdade, eu ainda não trouxe meu texto. Vou mesmo enviar na segunda. E, apesar de saber que vamos nos encontrar amanhã no casamento da Jackie...

– É verdade, você é muito amiga da Helena, não é? – Simone interrompeu animada.

– Sim, somos melhores amigas, na verdade. Mas é que o que eu queria conversar com você não podia esperar. Preciso te pedir um favor.

– Favor? Pode falar, Manu, como eu posso te ajudar?

– É sobre a minha foto no site. Eu sei que o fato de estar com o Felipe Dantas na festa ajuda a atrair atenção, mas o Pedro, meu namorado... Bem, não queria ele visse isso e tirasse conclusões precipitadas.

Simone ouviu com atenção o pedido, e depois ficou em silêncio por alguns segundos até responder.

– Que horas são, por favor?

Manuela não entendeu qual a relação daquilo com tudo que tinha acabado de expor, mas como não queria questionar a chefe antes mesmo do primeiro salário, apenas respondeu, conferindo no Marc Jacobs vermelho em seu pulso:

– Duas e meia. E trinta e cinco, na verdade.

– Muito bem... são duas e meia e a foto está publicada desde as seis da manhã. Quão improvável seria se metade das pessoas que você conhece ainda não tivesse visto?

– Mas o Pedro é diferente, Simone. Ele não lê esse tipo de coisa.

– Seu namorado não lê "o tipo de coisa" que você pretende escrever?

– Não, não é isso. Eu realmente espero que ele se interesse pela coluna, mas a In não faz parte do universo dele.

– Mas ele faz parte do seu universo, certo?

– Sim...

– Então, mesmo que ELE não leia... quais as chances de escapar ileso de algum comentário, por mais inocente que seja? Melhor do que tentar esconder é explicar, Manu. Afinal, até onde eu sei, o problema não é o que ele vê na foto, e sim o que ele pode imaginar com base nela.

– Você tem toda razão, Simone. Talvez se nada tivesse acontecido eu estivesse mais tranquila agora. Mas aquele beijo me deixou tão culpada que...

– Ei! Ele não sabe do beijo e nem vai saber pela foto, nem pelo Felipe e nem por mim! Cabe somente a você manter esse segredo bem guardado. Relaxa, querida! Converse com o Pedro sobre ter encontrado com o Felipe na festa e vai ficar tudo bem. Chá gelado?

Helena estava chegando em casa quando o celular tocou. Conseguir atendê-lo custou a queda do código penal e da pasta que estava equilibrada no braço esquerdo enquanto ela abria a porta. Só isso já fez com que ela atendesse com um tom ligeiramente irritado, quase que separando as sílabas.

– A-lô!

– Isso tudo é alegria por estar falando comigo? – Pedro brincou do outro lado da linha.

– Na verdade, não deixa de ser. Estar com você no telefone significa que não vou ter que aturar você em casa, certo?

– Por algumas horas. Só não se anime: estou no Outback aqui do Leblon com os caras da faculdade, mas não devo demorar.

– Já enturmadinho assim, Tijucano? Minha amiga tá sabendo, né?

– Na verdade, bom você ter lembrado. Vou ligar pra ela e avisar, ainda não tinha dado tempo. Liguei pra saber se você conseguiu falar com o Guilherme sobre ontem à noite, fiquei preocupado.

– Bom, tá tudo bem – Helena se surpreendeu com a atenção de Pedro – Ele estava na casa de um amigo, ajudando com uns problemas.

– Que bom! Imagina o trabalho que ia dar você choramingando pela casa o dia todo e ainda alugando a minha namorada!

– Tchau!

Pedro riu com a reação de Helena à sua provocação.

– Nos vemos mais tarde então.

– Pedro! – Helena falou mais alto, fazendo ele colocar o telefone de volta no ouvido. – Obrigada pela preocupação – desligou em seguida.

Pedro sorriu e voltou para a mesa com os amigos, que já tentavam escolher o que iam comer. Ele também já estava se concentrando no cardápio quando seus companheiros de mesa tiveram a atenção roubada por três garotas que entraram juntas – especialmente a ruiva do meio.

– Quando a gente acha que ela não tem como ficar mais perfeita, ela se supera! – Daniel comentou, sendo seguido por Vinícius.

– Sério, pela primeira vez, eu concordo totalmente com você, Daniel! Ela é covardia.

Pedro tentou acompanhar a história, ainda sem conhecer as personagens.

– Ela quem? De quem vocês estão falando?

O tempo para resposta foi curto demais. As três pararam diante da mesa, no meio do caminho.

– Camila, Ingrid – Daniel cumprimentou com a cabeça, enquanto falava, mudando totalmente o tom, em seguida – Beatriz!

Vinícius permaneceu calado, sem tirar os olhos dela.

– Tudo bem, meninos? – Beatriz cumprimentou rapidamente, voltando o olhar para Pedro – E finalmente eu conheço o novo integrante honorário do círculo. Pedro, não é isso?

Pedro se impressionou com o fato de não ter ideia de quem era ela, enquanto até seu nome ela já sabia. Apenas confirmou a informação.

– É isso...

– Vou te confessar que, por mais que a escolha pelo Felipe Dantas seja óbvia, eu achava bem mais charmoso o romance da Manu com um intelectual *low profile* como você. Que pena!

– Felipe? Desculpa, Beatriz, não é isso? Mas eu não sei nem do que você está falando.

– Como assim, "não sabe"? Nossa, eu até compartilhei o link no meu Face hoje. – Ingrid já ia buscando a fonte da informação, em seu *iPhone* com capa Louis Vuitton, quando Beatriz segurou seu braço.

– Espera! Acho que chegamos cedo demais com a notícia.

Sincera ou não, a preocupação de Beatriz com a privacidade do casal só aguçou ainda mais a curiosidade de Pedro.

– Não, deixa eu ver! – estendeu a mão para Ingrid, que lhe entregou o celular sem maior resistência.

Pedro ficou paralisado por alguns segundos, tentando assimilar a imagem, que sugeria algo em que ele não poderia acreditar.

– Imagina, Pedro! – Beatriz cortou o silêncio – Isso não deve representar nada. Eu é que achei que vocês já estivessem em outra. Até pensei que você e Helena estivessem juntos!

– A Helena?! – Camila se indignou – Quando que ela ia terminar com o Guilherme Lunardelli? Que loucura, os dois são o casal mais perfeito do Rio.

– Bom, eu também sempre pensei assim, mas ontem ele estava com aqueles meninos do Santa Mônica lá no Baixo Gávea, e achei que eles tivessem terminado. Mas isso também não quer dizer nada. – Beatriz completou – Bom, vamos embora antes que o Pedro ache que a gente vive de falar da vida dos outros. Foi um prazer, aliás. A gente se vê.

Beatriz seguiu para uma mesa no fundo do restaurante, acompanhada por Ingrid e Camila, suas fieis escudeiras. Elas passaram, mas o efeito devastador do encontro ainda permanecia. Sim, Beatriz Weissman era escandalosamente bonita e uma das figuras mais influentes e conhecidas da "juventude de ouro" carioca. Mas não era ela, e sim o que tinha dito, que estava deixando Pedro tão balançado.

Pedro caminhou algumas quadras do shopping até o prédio onde agora morava e encontrou Manuela esperando por ele na portaria. Estava tão confuso que não sabia nem com que tom falar com a namorada. Por um instante ela pareceu alguém que ele não conhecia tão bem quanto imaginava. Isso fez com que ele, embora a poucos metros dela, repentinamente se sentisse distante.

– Achei que vir até aqui seria a única forma de falar com você hoje.

– Desculpa – o pedido foi sincero. Pedro reconheceu que esteve bastante inacessível o dia todo – Hoje foi bem complicado. Mas eu preciso mesmo conversar com você.

– Espera! – Manuela se aproximou, espalmando as mãos sobre o peito dele – eu já estava na fila. Preciso te contar uma coisa.

– Tem a ver com a foto da festa de ontem?

– Você viu então?

– Logo com aquele cara, Manuela? É o mesmo que se apresentou como seu namorado pra mim no seu aniversário!

– Eu sei, Pedro. Mas eu encontrei com ele lá, como poderia ter sido com qualquer outra pessoa. Não tinha a menor ideia de que ele estaria lá! Conversamos um pouco, tiraram fotos nossas. Só isso. Pedro? Pedro, acredita em mim.

Pedro desistiu de encarar a parede para finalmente olhar para Manuela. Acreditava nela. Queria acreditar. Só não queria correr o risco de se enganar e se machucar feio. Segurou o rosto de Manuela com as duas mãos.

– Manu, olha pra mim. Eu não quero brigar com você, nem ter motivos para me sentir inseguro. Quero confiar em você. Quero que você confie em mim, sempre! Me promete que não vai mentir nem me esconder nada?

Manuela sentiu um imenso aperto no peito. Uma mistura de culpa, angústia, medo. Mais um passo em falso e perderia Pedro de vez. Ela o amava de verdade. Não era justo que tudo terminasse por causa de um beijo, um beijo que ele nem precisava saber que tinha existido. Seria mentira prometer o que ele estava pedindo. Mas ela sabia que só podia dizer a verdade dali pra frente. Uma chance: ela só precisava de uma única chance. Resolveu que merecia se dar aquele presente.

– Claro, meu amor. Eu prometo.

Pedro soltou o ar aliviado e beijou Manuela como se precisasse ter ouvido aquilo. Ela correu os dedos pelo cabelo dele e o beijou de novo, como se precisasse ter dito aquilo.

Helena estava sentada na cama diante do notebook com fones de ouvido conectados a ele quando Pedro apareceu na porta, perguntando se podia entrar. Ela tirou os fones e pausou o vídeo que assistia para ouvi-lo.

– Você tá muito ocupada?

– Estava assistindo a uma aula, mas posso fazer isso depois.

– Aula? Faculdade?

– Não, é um curso de filosofia moderna de uma universidade americana em que eu me inscrevi.

– Nossa, deve ser interessante!

– Muito. Mas foi filosofia moderna que te trouxe até aqui com essa cara de preocupado?

Pedro riu e entrou.

– Você tem razão. Estou preocupado mesmo e o assunto é outro.

– Sou toda ouvidos, mas por tempo limitado.

– Você conhece a Beatriz Weissman?

– Óbvio! Mas como é que VOCÊ conhece a Beatriz Weissman?

– Conheci hoje no Outback. A gente conversou rapidamente e ela deixou escapar...

– Pode parar! Pedro, a Beatriz NUNCA "deixa escapar" nada! Pode ter certeza disso.

– Eu não pretendia levar nada do que ela disse em consideração, mas uma das coisas que ela me contou sobre a Manuela, ela própria confirmou.

– Exceção. Deve ter sido uma isca pra você acreditar no resto. Olha, você está chegando agora, mas eu conheço isso aqui muito bem. Vai por mim: não deixa ninguém de fora envenenar o namoro de vocês. Manu e eu fizemos algumas inimigas desde o colégio, a maioria morria de inveja da gente, e por isso eu nem posso culpá-las! – riu – Só que agora você também faz parte desse pacote, entende?

– E se ela te dissesse alguma coisa sobre o Guilherme? Algo que você não soubesse?

– Eu não daria trela, Pedro. E acho que você também não devia.

Pedro parou e pensou se estaria errado em não contar para Helena o que Beatriz tinha dito sobre Guilherme. Ele tinha acabado de cobrar sinceridade absoluta de Manuela e agora era incapaz de dançar conforme sua própria música. Mas não era com ele que Helena dançava. E ela, claramente, tinha escolhido outro ritmo.

– Quando você diz filosofia moderna, isso inclui Kant?

– Ai, meu Deus! – Helena desplugou os fones – Tá bom, se ajeita aí. – Jogou uma das almofadas em Pedro, que se sentou na cama. – Mas sem papo durante a aula, Tijucano!

– Nem uma palavra: você manda!

VIII – O FIM (?)

This is the end, my only friend, the end.
Of our elaborate plans, the end.
Of everything that stands, the end.
The Doors – *The End*

Manuela e a família foram alguns dos primeiros convidados a chegar ao Jockey Club. Luiza, Evandro e Pietra foram rapidamente acompanhados pelos cerimonialistas até uma confortável mesa no salão principal, enquanto Manuela fez a alegria dos fotógrafos de plantão. Parecia uma melindrosa com um vestido azul claro de franjas e os cabelos ondulados presos na lateral.

A decoração estava deslumbrante e não se esperava menos de um casamento onde Jacqueline (futura Sra. Najib) fosse a noiva. Tudo se equilibrava no tênue limite entre a ostentação e o bom gosto.

Manuela atravessava devagar a alameda de flores quando foi surpreendida por Guilherme.

– Você sabe que a Jackie vai ficar uma arara se chover, né? E a culpa vai ser sua, chegando cedo desse jeito!

– Gui! – Manu correu para abraçar o amigo – Que bom que você chegou!

– Dona Helô queria chegar cedo para garantir a atenção dos fotógrafos, sabe como é.

– Sei sim. Dr. Evandro fez o mesmo, mas para garantir que não pegaria trânsito! Helena vem com a mãe?

– Já estão aí dentro se arrumando. Elas e o Henrique, que chegou hoje de manhã.

– Ah é! Eu tinha esquecido que ele chegava hoje! Engraçado, ele passou o quê fora, dois meses? Parece que foi bem mais tempo.

– Saudades? Ah, não! Não vai me dizer que voltou à adolescência e cismou que tem que casar com o Henrique de novo!

– Não, seu bobo! Nem com ele, nem com o Nick Carter! Estou muito feliz com o Pedro e já, já, ele chega com a Amélia.

– Eu sei. Aliás, ainda estou me acostumando com uma Manuela de namorado firme. Isso é novidade pra mim.

– Pra mim também. Mas estou mesmo me entendendo bem com ele. Fora uns probleminhas recentes...

– Mas são sempre os probleminhas.

– Pois é... eu pisei um pouco na bola, ele soube de metade da história e eu quase coloquei tudo a perder.

– Nossa, parece que você está me contando sobre o MEU "probleminha"!

– Guilherme, Guilherme!!!

– Foi uma mancadinha, de leve. Saí pra beber com os caras e não contei. Ela quis ficar estudando em casa na quinta. Aí, lei de Murphy: ela descobriu que eu saí. Mas inventei uma desculpa mais nobre.

– Por que eu sinto que não deveria estar ouvindo isso?

Guilherme riu e puxou Manuela pra perto, com o braço em volta dos ombros dela, caminhando ao seu lado.

– Relaxa, Manu! Eu não fiz nada demais. E acho que nem faria.

– "Acha"?!

– Difícil pra mim andar na linha como, por exemplo, o seu namorado, todo certinho. Eu sou humano.

– Sei exatamente o que você quer dizer. Como eu queria ser como a Helena, mas, volta e meia quando eu olho, já fiz uma besteira enorme. Por que será que a gente é assim?

– Mas você sabe que eu ando cansado disso? De ter que mentir aqui e ali, de viver inventando desculpas e cobrindo prova de crime. Eu sou louco pela Helena, Manuela! Nem imagino minha vida sem ela. Colocar isso em risco... não faz sentido nenhum! Você entende?

– Mais do que você imagina... e, Gui, ela devia saber disso, viu?

– Ela vai. Hoje.

– Olha, não é porque eu fui morar com a sua namorada que você precisa sair andando agarrado com a minha! – Pedro chegou trazendo Amélia.

– Meu amor, você está lindo! – Manu exclamou, beijando o namorado em seguida.

– Culpa da minha *personal stylist* aqui! – apontou para Amélia – Mudou todos os meus planos e me carregou para uma loja aos quarenta e cinco do segundo tempo.

– É, tem gente que dá sorte na vida. Não é não, Dinda? – Gui brincou com Amélia.

– Não sou sua madrinha, Guilherme. Essa sorte você não teve, graças a Deus! Agora me leva lá pra mesa e vamos deixar o casal namorar em paz.

Pedro e Manuela riram, enquanto Gui, já acostumado com os foras de Amélia, a acompanhou com bom humor até o salão.

– Você é que está maravilhosa, sabia? – Pedro sussurrou no ouvido de Manuela, fazendo com que ela se arrepiasse no mesmo instante.

– É mesmo? – ela perguntou, aproximando o rosto do dele – E eu já te contei que você não vai dormir em casa hoje?

– Ah, hoje? Deixa eu ver se eu posso desmarcar meus compromissos – brincou, beijando-a em seguida. – Eu acho que consigo, com um certo esforço.

Henrique chegou ao salão, onde todos já estavam aguardando. Isso era um sinal de que estava tudo pronto para a entrada dos protagonistas da festa.

Entraram noivo e padrinhos, dois casais mais escolhidos pela influência do que pela afinidade.

Em seguida, Amélia e Helena vieram, antecedendo a entrada da noiva. Amélia estava sóbria como sempre, mas muito bonita com um tom de turquesa claro que se assemelhava ao do seus olhos. Helena optou por um longo violeta todo bordado PatBo, enquanto o cabelo pendia em um coque lateral.

Ao som da "Primavera" de Vivaldi, Jacqueline entrou de braço de dado com Henrique, que a aguardava próximo à entrada. Não abriu mão do branco e nem mesmo do véu, ao contrário do que se esperava. Ajudou a desenhar o modelo, sua versão menos sutil do clássico de Grace Kelly, e o exibia com orgulho a caminho do seu terceiro "sim".

A cerimônia rápida poupou os convidados da parte menos apreciada e os liberou logo para a tão aguardada festa. E que festa! No centro do salão, o escultural bolo de seis andares preparado pelo artista Rafael Félix se erguia como um arranha-céu, desafiando a lei da gravidade. Luxuosos petiscos e canapés camuflavam sua identidade em meio a tanta firula, e os copos eram cheios a cada gole.

No brinde dos noivos, Helena assumiu o microfone, conforme combinado.

– Quando eu era pequena demais pra entender o que se passava, minha mãe sofreu uma imensa decepção amorosa. Isso poderia ter feito dela uma mulher amarga, cética, seca. Mas poucos anos depois, eu a vi saltar sem medo para tentar agarrar novamente o amor. Outro país, outra cultura, longe de casa e das pessoas mais próximas. A coragem foi recompensada por uma felicidade que durou muitos anos, até que, infelizmente, meu querido padrasto nos deixou, vítima de um acidente brutal. Seria natural esperar que minha mãe tivesse medo de voltar a se arriscar, de encarar as consequências desse sentimento que não tem rede de segurança. Mas hoje, aqui, diante de todos nós, ela aposta todas as suas fichas, mais uma vez, no amor. Mãe, você, que nos ensinou a lutar pela felicidade, merece ser imensamente feliz. Parabéns aos noivos!

Os convidados (muitos visivelmente emocionados) aplaudiram de pé, mas, estranhamente, Jackie não parecia estar tão tocada pelas palavras da filha. Helena não percebeu e desceu do palco com a ajuda de Henrique, com quem dançou a primeira música tocada pela orquestra.

Guilherme tirou Amélia para dançar, e ela aceitou a contragosto. Luiza e Evandro se uniram aos demais casais na pista, ao som de "*Smoke gets in your eyes*".

Manuela tinha a impressão, enquanto dançava com a cabeça encostada no peito do namorado, de que aquilo era um sonho. Olhando para cima, via o céu repleto de estrelas. Toda a felicidade das pessoas ao som da música, o som do coração de Pedro tão perto dela. Tão dela. Não pôde deixar de pensar que talvez aquele fosse um dos momentos mais simples e ao mesmo tempo mais felizes que já tinha vivido. Não quis interromper aquela cena perfeita, mas Pedro pareceu ter lido seus pensamentos.

– Quando eu me casar com você, não faço questão de que a gente tenha muitos convidados. Também dispenso os trezentos fotógrafos e as quinhentas variedades de docinhos e salgados que eu nem imagino do que sejam feitos. Mas faço questão de ter você dançando assim comigo, sem parecer que tenha nada em volta.

– Quando você se casar comigo? – Manuela não conseguiu deixar de demonstrar o quanto estava surpresa com uma declaração desse porte.

– Por quê, você não quer casar comigo? – Pedro sorriu de um jeito charmoso, tentando parecer zangado.

– Isso é um pedido?

– Não... não é. Ainda não. Mas esteja certa de que, quando eu tiver condições para fazer esse pedido, você não vai levar muito tempo para escutá-lo.

– E você vai levar menos tempo ainda pra saber que eu aceito!

Bingo! Agora era certeza. Manuela só podia estar sonhando.

Simone e Pietra conversavam animadamente, tendo em grande parte do tempo como tema o *look* escolhido pelas convidadas. Ficava claríssimo que esse era o universo da até então sempre perdida Pietra. Só não sabia se ainda restava lugar ali para ela.

– Simone, acho que você já percebeu o quanto eu amo todo esse mundo da In. E eu acho, modéstia à parte, que daria uma excelente colunista, sabe? Morro de vergonha de te perguntar isso, mas será que não teria como a gente fazer uma? Nossa, isso seria a minha vida!

– Pietra, eu tenho certeza de que você seria uma colunista icônica na In! Você tem um estilo muito próprio e uma atitude irresistível, por menos politicamente correta que possa parecer aos pais das nossas leitoras. Mas, cá entre nós, não acho que eles leiam a revista! – riram – A questão é que a In tem um número limitado de colunas. Esse ano nós contratamos a Deborah Lages e a Manu. Não creio que a gente consiga abrir mais uma, ia inflar muito a revista.

– Eu entendo... – Pietra não conseguia esconder uma imensa decepção.

– Mas eu juro pra você: se por acaso abrir algum espaço para isso, você vai ser a primeira a saber! Agora me dá um minuto que eu acabei de ver a Renatinha Figueiredo ali perto dos bem-casados. Já volto.

Pietra vinha calculando aquele momento, ensaiando, planejando a forma ideal de fazer isso desde que Manuela tinha recebido a proposta. Ao contrário da irmã, que parecia estar sempre feliz com tudo, Pietra não encontrava com tanta facilidade motivos para abrir seu sorriso. Paixões vazias que só trouxeram decepções, a distância dos pais, aquilo que considerava ser um certo descontentamento dos avós, uma total apatia por todas as oportunidades, estudos e carreiras que se apresentavam, uma obsessão incontida por Guilherme Lunardelli e, para completar, o peso gigantesco de viver à sombra de Manuela Garcia Leal. Se Pietra pudesse definir sua vida inteira em uma palavra seria inadequação. Deixou que o garçom enchesse mais uma taça de Prosecco e tentou engolir de uma vez só, junto com ela a imensa mágoa por ter chegado, como sempre, atrasada demais para algo que quisesse de verdade.

Helena conversava com tios e amigos da mãe, tentando distribuir atenção entre os convidados que recebiam menos flashes, mas faziam mais parte da vida da família, quando viu Guilherme pedir atenção no palco, com o microfone na mão. Sentiu o sangue gelar nas veias. Gui era terrível com as palavras e quase sempre que perdia o medo de encará-las cometia alguma gafe por imensa falta de atenção ou de diplomacia. Que motivo no mundo teria levado alguém assim a tomar o microfone e os holofotes no casamento da mãe da namorada?

– Eu prometo que vou ocupar pouco o tempo de vocês no casamento da minha querida Jacqueline, mãe da mulher mais incrível que já existiu – Guilherme começou, atraindo olhares desconfiados e cochichos entre os convidados curiosos – Vou pedir que a orquestra toque a música que marcou o primeiro beijo que consegui arrancar daquela garota ali: Helena Piva de Albuquerque. Mas eu tenho um motivo especial pra isso. Quero que essa música seja também a trilha sonora de outro momento do qual eu nunca mais vou esquecer, e espero que ela também não. Quero que esteja tocando a nossa música, Helena, quando você aceitar isso. – Guilherme tirou do bolso uma caixinha azul de fita branca, inconfundível. Era uma caixinha da Tiffany's, e Helena sempre tinha sonhado com uma anel de noivado de sua joalheria preferida. Em seguida, ele ajoelhou no palco, olhando para ela, e, por mais que isso tivesse surpreendido a todos que conheciam o casal, disparou o pedido – Helena, você é a mulher da minha vida, e eu não tenho nenhuma dúvida quanto a isso. Se você tiver a mesma certeza de que é comigo que você quer estar, pra sempre... você aceita se casar comigo?

Helena costumava morrer de vergonha dos rompantes de Guilherme. Costumava rir por dentro, mas dar as costas a qualquer cena que ele fizesse, fosse de drama, comédia ou romance, porque detestava esse tipo de excesso em público. Mas não ali. Por mais louco que pudesse soar um pedido de casamento a essa altura, pela primeira vez, Guilherme tinha se saído bem. Tão bem que ela mal conseguia disfarçar as lágrimas nos olhos ou o sorriso bobo no rosto. Caminhou até o palco, parou diante do namorado e sussurrou só pra ele um "seu bobo" antes de estender a mão para a aliança e dar um beijo no agora noivo. Todos os olhos da festa se voltavam para o surpreendente passo adiante de um dos casais mais promissores da alta sociedade carioca. Helena Piva de Albuquerque e Guilherme Lunardelli. A orquestra voltou a triunfar, dessa vez seguindo o pedido de Guilherme: "*I've got you under my skin*".

– Meu Deus, eu estou chocada! Quando o Guilherme falou sobre mudanças, não imaginei que fossem desse tamanho! Mas estou muito feliz pela Helena – Manuela comentou com Pedro, enquanto dançavam.

– Mudanças? Por que ele estava falando disso?

– Ah, não sei. Você sabe, o Guilherme não é nenhum santo. Mas ele queria mudar justamente isso.

– Ele te falou sobre ter feito alguma coisa?

– Pedro, por que você quer saber disso?

– Porque eu não acho certo que ele encubra algo de errado com um pedido de casamento! E nem que ela aceite sem saber da verdade.

– Você ficou sabendo de alguma coisa?

– Sim. E você acabou de confirmar.

– Mas eu não falei nada – Manuela parou de dançar percebendo que podia ter começado uma confusão ao falar demais.

– Eu já sabia do Baixo Gávea, só não sabia se era verdade. A Beatriz Weissman comentou comigo ontem.

– Beatriz Weissman? Desde quando vocês se conhecem, Pedro?

– Isso não é importante agora, Manuela! A Helena está tomando uma decisão muito séria sem saber onde pisa!

– Ultimamente acho que suas prioridades têm sido bem diferentes das minhas. O Guilherme e a Helena são um casal há muito tempo, eles se acertam! Além disso, são perfeitos um pro outro. Mas, sinceramente, se você não acha importante me contar sobre suas novas amizades, nós é que não estamos nos entendendo!

– Manuela, que amizades? Eu encontrei com a garota ontem e ela já veio contar sobre isso. Sobre isso e sobre sua foto com o Felipe.

– Eu não acredito! Impressionante como a Beatriz é capaz de jogar sujo!

– Mas acho que você também não está jogando limpo quando sabe de algo assim e não conta para a sua melhor amiga, Manu.

– Pedro, a gente não pode se meter nisso!

– Você pode ter motivos pra pensar assim, mas nós discordamos. Me espera um segundo que eu vou falar com a Helena.

Pedro deixou Manuela absolutamente incrédula no meio do salão e correu em direção à área reservada, onde acreditava que Helena estivesse.

Henrique ficou encarregado de cuidar de Gerson, aquele tio que bebe além da conta e, embora mude de nome, está presente em todos os casamentos realizados na história e geografia da humanidade. Quando retornava após finalmente conseguir enfiar o pé de cana sênior em um táxi, encontrou Pietra sentada no chão, encostada na parede do corredor de acesso, com uma taça de Prosecco na mão e a maquiagem borrada.

– Ei! Pietra – abaixou e afastou com a mão a franja que cobria seus olhos de forma desordenada. – O que houve?!

Pietra levantou o rosto e ele pôde ter certeza de que aquela taça estava longe de ser a primeira, e que ela estava chorando.

Henrique sentou ao lado dela, que encostou a cabeça em seu ombro.

– Por quê, Henrique? Por que nada que eu quero pode ser meu?

– Porque a gente não pode querer justamente o que não é nosso. Já parou pra pensar nisso?

– Mas... eu tenho certeza que ela não ama ele da maneira que eu amo! Nunca vai amar. Por que ele não consegue ver isso? Não é justo!

Henrique entendeu que ela falava de Guilherme e se sentiu extremamente desconfortável por "ela" ser a própria irmã. Conhecia Pietra desde que ela tinha nascido, e, de certa forma, ainda a via como uma menininha. Mas o que parecia atravessar o peito dela naquele momento não era a dor de uma criança, mas de uma mulher. E ele sequer sabia que aquele já era o segundo nocaute de Pietra na mesma noite. Primeiro perder a revista porque a irmã tinha levado a vaga. Depois perder Guilherme. Era demais para qualquer pessoa.

– Pi, você é uma menina linda. E está se tornando uma mulher incrível, cheia de personalidade. Você tem ideia de quantos caras estariam se estapeando nesse momento para ter uma chance com você? Se esse em especial não está, é porque não é pra ser. É porque não vale a pena. A gente não precisa sofrer quando já sabe que não vai dar certo.

– Você nunca sofreu por alguém, Todo Poderoso?

– Sinceramente? Não! – os dois riram pela sinceridade da resposta. Henrique era conhecido por nunca se prender a ninguém.

– Então você não me entende. Mas valeu mesmo assim.

– Agora vem! Vou te dar uns dez minutos para consertar esse desastre no banheiro e depois voltar comigo pro salão. Compreendido?

Pietra concordou com a parte dos reparos diante do espelho e com voltar para o salão. Mas não compartilhava da opinião de Henrique. Ela sabia muito bem o que queria. E, sentada naquele chão, percebeu que estava cansada de perder. Se a sorte vinha se esquecendo dela, estava na hora de começar a trapacear com as cartas. Nada mais justo.

Pedro estava convencido de que precisava contar a verdade a Helena, mas não conseguia encontrá-la. De repente, próximo a um quarto com a porta encostada, ouviu sua voz e se aproximou a ponto de quase entrar, mas foi desencorajado pelo que conseguiu ouvir da conversa que se passava lá dentro.

– Mãe, eu juro que não estou entendendo. Por que motivo você estaria chateada comigo?

– Não seja cínica, Helena! Nós duas sabemos bem que o seu papel de filha boazinha sempre teve limitações de atuação!

– O quê?! Do que você está falando?! – Helena parecia transtornada.

– Você nunca me perdoou por ter deixado vocês. Nunca me aceitou como mãe. E hoje fez questão de dar seu troco no seu discursinho irônico!

– Irônico? Mãe, do que você tá falando?! Eu escrevi aquelas palavras de todo coração e...

– Para de fingir, Helena! Não tem ninguém assistindo você agora. Você já deu seu jeitinho de dizer a todo mundo que eu abandonei meus filhos para correr atrás de uma paixão. Palmas para a sua vingança. Mas planejar roubar a atenção do meu dia com aquele pedido de casamento? Isso foi bem baixo!

Helena não conseguia responder ou mesmo acreditar que estava escutando aquilo. Cada palavra da mãe era de tamanha crueldade e injustiça que chegava a ela como uma facada. Uma atrás da outra. Só podia ser um pesadelo. Como ela podia pensar isso da própria filha?

Jacqueline era conhecida por sua imensa simpatia e largo sorriso entre os membros da sociedade. No entanto, quem tinha a estranha sorte de fazer parte de seu núcleo mais estreito de convívio sabia bem das crises de temperamento que ela tinha. Parecia fria como gelo, incapaz de ter culpa ou piedade diante das piores palavras e acusações que disparava. Os olhos pareciam carregados de ódio, de raiva. Os gestos eram pesados, direcionados, agressivos. Helena lembrava do terror que sentia nas poucas vezes em que presenciou isso quando pequena. Mas nunca, depois de adulta, tinha sido golpeada com tanta força por um desses colapsos. E, por mais que tentasse se manter inteira, a dor que sentia a partia em mil pedaços.

– Não se faça de vítima! Você e eu sabemos muito bem como você é, Helena. Você é igual ao seu pai. Igual! Só pensa em si mesma! Foi por isso que ele sim deixou você, lembra? Deixou a mim e ao seu irmão por sua causa! Porque você nasceu justamente quando a gente tentava se acertar.

– Mas eu... – as palavras de Helena mal saíam, mas ela ainda tentava se explicar ou se entender dentro daquela cena.

– Você sim. Sempre estragou a minha vida, desde o começo. Eu devia ter seguido o conselho do seu pai, Helena. Por ele você nunca teria nascido. Eu que fui burra e insisti. Hoje, ele foi embora e nem sabe quem você é. E quem paga por isso? Quem paga por isso, me diz? – Jacqueline gritava essas últimas palavras enquanto segurava a filha pelo braço.

– Me solta! – Helena conseguiu gritar e empurrar a mãe – Você é louca! Completamente louca. Foi por ISSO que ele foi embora. E é por isso que você vai terminar sozinha! – Helena não podia acreditar no que ela mesma tinha dito. Por mais que se sentisse dilacerada, não queria ferir a mãe daquela maneira.

– Como você...? – Jacqueline estava transtornada e levantou a mão na direção de Helena quando Pedro, percebendo que a situação já tinha passado do limite, entrou e segurou o braço de Jacqueline.

– Nem pense nisso! – Falou em um tom absolutamente controlado, que fez com que Jackie caísse em si por um minuto, e Helena, apavorada e ao mesmo tempo envergonhada pela presença dele, corresse para fora do quarto.

Jacqueline ameaçou dizer qualquer coisa para Pedro quando ele continuou:

– Eu sei que não tenho nada a ver com a sua vida, mas você não tem o menor direito de fazer isso. Aquela mulher que acabou de sair do quarto é sua filha! Foi ela que passou dias tentando fazer de tudo para que o seu casamento saísse perfeito! Foi ela que disse na frente daquela gente toda que considerava você um exemplo e desejava que você fosse feliz. Eu não sei qual o seu problema em entender isso, mas nada, NADA justifica que ela pague por isso. Você pode ter deixado ela, o pai também, mas eu não vou deixar.

– Quem é você? – Jacqueline parecia atônita.

– Não importa. O importante é você saber quem ELA é. Porque eu acho que você não faz a menor ideia!

Pedro saiu do quarto e Jacqueline percebeu que tinha perdido o controle mais uma vez. Ainda não conseguia perceber que ela era egoísta o suficiente para não só deixar de reconhecer o esforço da filha, mas também ignorar que a data também era importante para ela. Mas pelo menos já se dava conta de que tinha cometido um grande erro. Talvez maior do que pudesse consertar.

Pedro correu pelo mesmo corredor que Helena tinha saído, mas não conseguiu encontrá-la. Chegando ao salão, viu que, no centro dele, Manuela, Henrique e Guilherme dançavam "*Twist and Shout*" completamente alheios ao que tinha acontecido lá dentro. Parou por um segundo para pensar onde poderia encontrar Helena, mas foi abordado por Pietra.

– E aí, cunhado?

Pedro se surpreendeu, já que nunca ganhou mais do que um "oi" antipático da irmã da namorada.

– Tudo bem, Pietra?

– Tudo. A Manu é mesmo incrível, não é?

– É... claro – aonde ela queria chegar?

– Eu fiquei muito feliz por saber que você nem ligou para o que aconteceu na festa, viu? Saiba, ela vale a pena. Vocês vão ser muito felizes!

– Na festa? Ah, você deve estar falando da... – ia dizer "foto", mas foi interrompido.

– Do beijo! – Pietra disparou – Claro que não representou nada. Foi só um beijo, eu mesma vi. O Felipe é um gato, mas ela está mesmo na sua. Não passou disso.

– Beijo? – Pedro, por um instante, sentiu que o chão não estava mais sob seus pés. Teve a sensação de que algo girava dentro dele: era no estômago ou dentro da cabeça?

– Ai, meu Deus! Você não sabia? Cara, ela disse que ia te contar ontem! Eu achei que... por favor, Pedro, não diz que fui eu que te contei. Ela não me perdoaria nunca.

Pedro deixou Pietra falando sozinha, até porque não conseguia ouvir nem registrar mais nada direito. Beijo? Manuela tinha beijado Felipe? Como ela ontem mesmo tinha jurado não mentir mais? Nunca deixar de dizer a verdade? Como tinha dito que não deixaria que ele se machucasse por confiar nela? Tinha vontade de chorar, de socar a parede, de arrancar de dentro do peito o sentimento estúpido que tinha por ela. Como ele tinha sido bobo!

Andou até o meio da pista enxergando tudo pelo caminho através de uma névoa nos olhos. Podiam ser lágrimas que tentavam sair, ou podia ser que ele estivesse tonto. Não importava. Chegou até Manuela, que estava dançando com a felicidade que tinha residência fixa no sorriso dela, e pensou no quanto aquele mesmo sorriso podia ter enganado um cara idiota como ele. Colocou a mão no ombro dela, que se virou e viu, no mesmo instante, que o rosto de Pedro trazia um misto de dor e decepção indisfarçáveis. No mesmo momento, ela sentiu uma pontada no peito, como se soubesse o porquê.

– Pedro... – tentou ao mesmo tempo saber e dizer o que estava acontecendo.

– Não – ele balançava a cabeça negativamente – Não tenta fazer isso de novo. Não tenta porque não vai adiantar. Eu devia ter ido embora naquela sua festa quando soube que ele estava com você. Não era seu namorado porque você não tem maturidade pra isso, Manuela. E talvez só eu não soubesse disso ainda. Mas acabou. Acabou.

Pedro saiu de costas, ainda olhando para Manuela com toda mágoa que se pode carregar dentro dos olhos. Os dela eram de desespero. Mas ficou imóvel, sem saber o que dizer e sem coragem pra pedir que ele não fosse, mesmo que ela não soubesse fazer nada daquilo desaparecer, nem dar uma explicação que mudasse alguma coisa. Mas acabou? Acabou...

Helena tentava se recuperar sozinha, sentada dentro do próprio carro, no estacionamento. Os braços ao redor de si mesma pareciam uma proteção, e o carro trancado dava a impressão de que mais nada podia causar qualquer perigo. Ela estava sozinha, como tinha aprendido a ficar e a se curar todas as vezes em que era necessário.

Pedro passou pelo estacionamento para ir até o ponto de táxi, mas ao olhar para o carro de Helena, viu que ela estava lá dentro e bateu no vidro. Ela destrancou a porta do carona e ele entrou, sem dar uma palavra. Só chegou mais perto e passou o braço por trás dos ombros dela e isso foi o suficiente para que ela encostasse a cabeça no ombro dele. Demonstrar vulnerabilidade ia contra o estatuto de Helena Piva de Albuquerque, mas Pedro já tinha visto demais. Mais do que qualquer pessoa. Não havia mais exército, nem fortaleza, nem mesmo portão. Ele já tinha entrado.

– Eu não sei se te agradeço ainda. O que você estava fazendo lá?

– Desculpa. Eu ia te procurar pra falar sobre outra coisa e acabei ouvindo... mais do que eu devia. E me intrometi. Mas não podia deixar você lá.

– Eu não sei o que teria acontecido se você não tivesse entrado. Ninguém nunca se meteu no meio, porque ela era minha mãe. Foi a primeira vez.

– Nem a Amélia?

– Nem a Amélia... eu entendo, ela sempre morreu de medo que isso fizesse a Jackie levar a gente embora. Então ela não se metia.

– Eu não sabia que o seu pai estava vivo.

– Ninguém sabe. Eu sempre disse que ele tinha morrido. É bem difícil explicar que ele simplesmente quis ir embora e nunca mais saber de você. Demonstrar para os outros que você não foi boa o suficiente para fazer ele ficar.

– Helena! Helena, olha pra mim! Seu pai não foi bom o suficiente pra ficar. Sua mãe e ele não foram bons o suficiente para ficarem juntos. Você não tem nada a ver com isso! Meu Deus, ele nem te conheceu! Como você pode se culpar por isso?

– Você ouviu o que ela disse.... e eu também ouvi isso, minha vida inteira. Você há de convir que nada disso combina com a Helena que você conhece. Eu nunca quis ser uma coitadinha. Por isso preferi inventar que ele tinha morrido. Assim ficava mais fácil seguir em frente.

– E você nunca mais teve notícias dele?

– Não. Nunca mais. Mas eu também não quero falar dele. Nem de nada disso. Só quero esquecer.

– Eu sei... mas você não pode esquecer que nada disso é culpa sua. Nada disso. Você... Helena, se sua mãe não fosse cega a ponto de não enxergar e se seu pai não fosse covarde a ponto de não ter ido embora, eles veriam o quanto a filha deles é... incrível!

Helena olhou para Pedro e viu que ele mesmo se surpreendia com o que dizia, tanto quanto ela.

– Você deixou a Manu sozinha na festa, seu bobo? – Se apressou em mudar o tom da conversa.

– Eu não acho que seja uma boa falar sobre isso agora.

– Sobre o quê? Fala! Aconteceu alguma coisa, Pedro?

– A Manuela e eu... acabou.

– Como assim? Como acabou, vocês se amam!

– Eu fiquei sabendo que na quinta ela beijou o tal do Felipe. E não fiquei sabendo por ela, mas é verdade.

– Pedro! Meu Deus, você aqui me consolando e eu... eu nem imagino como você deva estar! Mas, olha, vocês precisam conversar!

– Não tem o que ser conversado em uma hora dessas, Helena. A Manuela é linda. Linda, cheia de vida, uma pessoa apaixonante. Mas me enganei quanto ao resto. Nunca foi isso o mais importante pra mim, e agora vejo que ela não tem as coisas que eu mais prezo.

– Não é nada disso, Pedro! Ela pode ter cometido um erro e a Manu de vez em quando faz umas besteiras por não se impor, sei lá! Mas isso não quer dizer que ela seja uma pessoa infiel ou sem caráter.

– Não quer, você tem razão. Mas quer dizer que ela não é madura o suficiente para que eu construa qualquer coisa com ela. Pelo menos não agora. Independente de perdoar uma traição ou não.

– A Manu é minha melhor amiga, Pedro. Isso me deixa em uma situação terrível... Mas te entendo. Perfeitamente. Tem gente que consegue passar por cima de uma mentira, de uma traição. E acho que é de cada um. Mas eu, pessoalmente, não conseguiria. Se soubesse de algo assim também seria o fim.

Nesse momento Pedro sentiu a boca secar. Era justamente isso que ele estava indo contar a ela quando toda a confusão aconteceu. Helena não precisava de um outro soco hoje, mas ele tinha passado por isso agora e sabia o quanto doía. Ia permitir que ela fizesse o mesmo papel quando ele podia evitar? Hesitou por três vezes e então fechou os olhos e disse de uma vez só, para não ter como voltar atrás.

– Helena, eu estava indo falar com você naquela hora porque sei que o Guilherme não estava ajudando amigo nenhum na quinta-feira.

– O quê?! – Helena tirou a cabeça do ombro de Pedro e o encarou em choque.

– É isso. Ele estava bebendo com dois amigos da faculdade no Baixo Gávea. Me desculpa ser eu a te dizer isso, mas não posso deixar que você pense em se casar com uma pessoa que não te disse a verdade. Você pode escolher ignorar isso ou não, mas eu não podia te deixar sem saber.

– De onde você tirou isso?

– A Beatriz me contou e...

– Eu não te disse que nada do que ela diz vale alguma coisa?

– Eu sei. Mas não foi só por ela que eu soube.

– Por quem mais? Anda, por quem mais?

– Eu... eu não posso dizer, Helena! – entregar Manuela seria inaceitável para Pedro, por mais decepcionado que estivesse com ela.

– Eu não acredito nisso, Pedro.

– Nisso o quê?

– Você... você sabe o quanto eu estou arrasada e só porque o seu relacionamento veio abaixo, quer acabar com o meu também? Você nem tem provas disso e vem me contar no dia em que eu fiquei noiva? Meu Deus! Você foi bem cruel, Pedro. E eu fui boba a ponto de confiar em você mais do que em qualquer pessoa.

– Helena! Pelo amor de Deus eu...

– Sai. Sai do meu carro, por favor. Eu não quero mais falar com você. E não se preocupe com o fato de morarmos na mesma casa. Só me esquece, por favor.

– Helena, olha o que você tá dizendo! Eu...

– Sai, Pedro! – Helena gritou, enfurecida e magoada.

Pedro bateu a porta com força na saída e foi embora sem que ela visse, já que saiu pela outra porta na direção oposta, voltando para o salão.

Pietra consolava a irmã no banheiro. Manuela estava completamente destruída e não podia acreditar que tinha perdido Pedro.

– Mas... como foi que ele soube, Pietra? Isso eu não consigo entender!

– Manu, eu não sei. Você comentou com quem?

– Ninguém! Só nós sabemos.

– Nós quem?

– Eu, você e... a Simone! Ela está aqui hoje, não está?

– Claro, conversamos boa parte da noite.

– Ai, meu Deus! – Manuela pareceu supor o que tinha acontecido e correu do banheiro em direção ao salão até encontrar seu alvo.

Simone estava dançando com um fotógrafo de moda badalado quando Manuela a chamou pelo nome, secamente.

– Oi, Manu – Simone parecia curiosa e desconcertada ao mesmo tempo.

– Por que você fez isso?

– Isso? Do que você está falando?

– Por que você contou do beijo para o Pedro? Você prometeu! Ou será que sua necessidade de criar notícias teve mais peso do que a sua palavra?

O fotógrafo pediu licença gestualmente e deixou a cena enquanto Manuela parecia ainda mais irritada.

– Manuela, é melhor você parar agora. Sua acusação além de falsa é muito grave. – Simone tentou se defender, ponderando.

– Falsa? Falsa é você e essa sua vidinha, Simone! Eu tô fora disso. Aliás, eu nunca fiz nem faria parte disso agora que descobri como funciona!

Manuela virou as costas e Simone ficou completamente sem ação. Não sabia por que estava sendo acusada, mas sabia que era inocente, embora não tenha sequer tido a chance de tentar explicar.

Pietra veio na direção dela logo em seguida.

– Simone, perdoa a Manuela, por favor. Nossa, que constrangimento! Ela brigou com o namorado e achou que tivesse a ver com você. Eu nem sei o que dizer, estou envergonhadíssima.

– Sua irmã foi... completamente descontrolada!

– Eu sei. A Manu sempre age assim, por impulso. Mas nem todo mundo precisa aceitar, né? Desculpe mais uma vez. Eu sinto muito que tenha terminado assim.

– Espera, Pietra! Quer saber? Eu acho que sua irmã não tinha mesmo cabeça para assumir nenhum compromisso com a revista. Foi bom que isso tenha acontecido, eu não fazia ideia do quanto ela era imatura! Mas a vaga abriu e... como ao contrário do que ela disse, minha palavra tem peso, eu disse que você seria a primeira a saber.

– Ah, não, Simone. Eu agradeço muito, mas entendo que não tenha clima de me colocar lá depois do que houve aqui com a Manu.

– Você disse bem, o que houve foi com a sua irmã! E eu já tive provas suficientes de que vocês são muito diferentes. Está contratada! Passa na In segunda de manhã para assinar os papéis. Acho que essa coluna vai sair muito melhor agora.

Helena passou pelas duas ouvindo a segunda parte da conversa, mas estava mais preocupada em encontrar Manuela. Seguiu até as mesas mais distantes e viu que a amiga estava sentada lá.

– Ei, por que nada pode ser simples com a gente? – Helena começou a conversa sem rodeios.

– Ei! – Manuela conseguiu esboçar um sorriso. Era um alívio ter a amiga por perto – Lê, você não imagina.

– Eu já sei de tudo. E você nem me contou desse beijo, Manu. Como isso aconteceu?

– Se arrependimento matasse, Helena. Nossa... não significou nada e cobrou um preço desses. O que eu faço agora sem o Pedro?

– O que você sempre fez! Você é a Manuela Garcia Leal. Se ele lembrar disso, vai correr atrás.

– E ainda por cima, briguei com a Simone porque foi ela que contou pro Pedro do beijo.

– Ele te disse isso?

– Não, claro que não. Mas só pode ter sido. Fiquei sem meu namorado e ainda perdi o emprego.

– Perdeu mas acho que alguém encontrou... – Helena pensou alto enquanto via Pietra se despedindo de Simone à distância.

– Como assim?

– Nada, eu também estou meio zonza. Olha só, vou me despedir do Gui e da Dinda porque vamos pra sua casa juntas. Uma festa do pijama sempre ajuda a melhorar as coisas.

– Não, Helena! Na noite do seu noivado, nem pensar!

– Você tem noção de que depois do noivado vem o casamento e eu vou ter noites de sobra pra dormir com ele pro resto da vida? Mas hoje é a minha amiga que precisa de mim. E esse casamento veio muito antes.

Manuela e Helena se abraçaram. Em seguida, Helena foi até o salão, explicou a situação para Guilherme que se dispôs a deixar as duas em casa. Se despediu de Amélia e Henrique e seguiu na frente, provocando um encontro com Pietra.

– Você sempre consegue o que quer, não é mesmo? – perguntou, deixando claro que sabia o que tinha acontecido de verdade.

Pietra encarou Helena, surpresa por ela ter adivinhado, mas não recuou. Deu um sorriso sarcástico e respondeu saindo de lado, com um olhar desafiador.

– Sim. Sempre. Cuidado...

IX – TODOS OS DIAS

And so the light fades away.
Try, try, try as I may
I can't stop thinking about you.
It seems my life's worth nothing without you.
Phil Collins – *Everyday*

Quase dois meses se passaram desde uma certa festa de casamento no Jockey Club, mas por mais que não fosse uma festa grega, o que foi quebrado aquela noite ainda estava longe de ser consertado.

Quem diria que Manuela estaria esse tempo todo ainda amargando o término com o ex e, convicta de que as coisas ainda poderiam ter volta, nem olhou para os lados durante essas quase oito semanas. E olha que não faltaram pretendentes dispostos a, de forma altruísta, preencher o espaço deixado por Pedro Bacelar.

Falando nele, também não andava vivendo seus melhores dias. A formatura na semana anterior tinha encerrado o capítulo faculdade, mas ele andava ocupando todo o tempo excessivamente livre da agenda estudando para o concurso no fim do ano. Isso ajudava a fazer com que pensasse menos no término do namoro, no fato de estar sendo ignorado pela vizinha de quarto e em toda a confusão que esse novo universo representava – ainda mais quando seu coração estava partido em cacos pontiagudos.

Amélia se dividia ao meio para ajudar Helena com os preparativos para o casamento e servir de apoio a Pedro em um momento tão delicado.

Henrique vinha ajudando bastante nesse papel, especialmente com Pedro. A amizade entre os dois estava mais sólida do que nunca desde que, segundo o ex-tijucano, Henrique andava bem menos playboyzinho depois de sua viagem ao Haiti. De fato, o estudante de economia (que por causa da viagem tinha atrasado o término da faculdade em mais um semestre) andava questionando muitas das coisas que eram certas para ele até então. E foi essa repentina maturidade que fez com que se aproximasse de Moyra. A médica balzaquiana tinha conhecido Henrique no projeto do Haiti e andava flertando com projetos dos Médicos sem Fronteiras. Será que um dos maiores pegadores da Zona Sul estava se aposentando por um jaleco branco?

E, se o assunto é aposentadoria, acho que você vai gostar de saber que Guilherme estava andando na linha desde o pedido de casamento. Tudo bem que os preparativos para o grande dia não eram exatamente um assunto que o fizesse dar pulinhos de alegria, mas a ideia de ter Helena só para ele compensava a chatice de escolher docinhos e canapés. Ele estava tão disposto a mudar que tinha aceitado um emprego na agência do tio e decidido voltar à faculdade de comunicação. Desafio de se tornar um bom moço aceito. Só nos perguntamos se ele tem os requisitos para o cargo.

Pietra é a maior surpresa dos últimos tempos. Quem achava que a Garcia Leal mais nova era apenas a sombra de Manuela vinha pagando a língua. A "Fórmula de Pi", coluna que assinava na In, vinha fazendo um sucesso tão grande que já rendia propostas para um *reality show*. Pietra acordava tarde demais para compromissos, bebia demais nas festas quase diárias que frequentava, fumava e flertava com outras drogas, digamos, ainda não legalizadas, e tinha um comportamento absolutamente instável, no qual não se podia confiar. E parecia que esses, conhecidos a vida toda como defeitos, eram curiosamente os pontos que atraíam milhares de leitores e leitoras simplesmente obcecados pela nova melhor amiga de Beatriz Weissman. Parece que as mocinhas andavam em baixa: a nova queridinha do Rio era uma autêntica *bad girl*.

Mas tem gente que nunca perde a majestade. Helena, por exemplo, tinha todos os detalhes para o casamento acompanhados de perto por revistas, sites e seus leitores ávidos. Nesse exato momento, terminava de fechar um contrato com um trio de violinistas para que tocassem na festa de noivado programada para a semana que vem. Mal desligou o telefone e viu que um fotógrafo montava tocaia do lado de fora da Besi. E ela ainda nem tinha terminado de comer aquele *cheesecake* maravilhoso! Colocou os óculos escuros e se preparou para o inevitável: virar ilustração da galeria de flagras cotidianos de um site qualquer. "Perdi oficialmente o direito a um *bad hair day*!" – pensou, enquanto passava por seu algoz do dia. Salva pelo gongo, ou melhor, pelo toque do celular.

– Oi, Manu!

– Amiga, estou sendo expulsa de casa hoje.

– Oi?!

– Não, calma! É que meus avós estão em Itaipava e a Pietra resolveu fazer uma festa bem ao estilo dela essa noite aqui em casa. Resultado: acho que nem com a porta trancada eu consigo ter uma noite tranquila.

– Bom, eu não creio que você esteja me pedindo asilo político, uma vez que seu ex-namorado infelizmente mora na minha casa, certo?

– É, eu não me esqueci disso. Por mais que eu quisesse ver o Pedro, acho que ele é que não ia gostar muito da ideia.

– E o que você tem em mente?

– Andei pensando... com toda essa coisa de noivado – e eu tenho sido uma madrinha muito bem comportada ajudando com tudo, antes que você me dê uma bronca – tenho sentido saudades da minha melhor amiga. De sair juntas pra rir um pouco, falar besteira. Anda tudo tão pesado que eu me pergunto onde é que a gente foi parar.

– Tá... se eu te confessar que também ando morrendo de saudades de tudo isso e que queria férias dessa coisa toda de noivado pelo menos por uns dias, você guarda segredo?

– Ai, que alívio, Lê! – Manuela comemorou – E eu acho que temos a ocasião perfeita pra isso. Acabei de ver nos eventos do Facebook que hoje vai ter Bailinho!

– Você é Maquiavélica, Manuela! Sabe como eu amo dançar e o quanto eu amo Bailinho!

– Eu seeeei! Então, o que me diz? A gente vai, dança até não aguentar mais, toma café da manhã juntas no Eclipse e só então volta pra casa. Diz que sim? Diz, diz? Em nome dos velhos tempos!

– Como é que eu digo não pra isso? Vou conversar com o Guilherme porque acho que ele não vai gostar tanto assim dessa noite de solteiras. Mas ele vai ter que lidar com isso. Se prepara, Manu: hoje a gente só volta amanhã!

Manuela deu pulinhos quando desligou o telefone. Andava tão pra baixo desde que tinha terminado que não tinha ânimo nem pra esse tipo de coisa. Mas uma noite curtindo uma festa com a melhor amiga, mal não ia fazer. Amanhã ela voltava a pensar em uma maneira de reconquistar Pedro. Hoje, a noite era das meninas.

Pietra e Beatriz checavam as confirmações para a festa enquanto curtiam um improvável sol de inverno na praia do Arpoador.

– Pi, você viu que a Carla Duarte confirmou? E com ela devem vir também aquelas meninas da ESPM.

– É, eu vi. O Bruno Zambrota também confirmou e deve trazer aquele jogador do Botafogo.

– E por que eu não estou sentindo a dona da festa animada?

– Preciso dizer? Ele não vem.

– “Ele”?

– O Gui. Me irrita o fato dele não estar nem aí pra isso tudo! Coluna, fama, festa, nada! Impressionante!

– Pi, o Guilherme é tão babaquinha! E depois, não tem jeito, ele gosta mesmo da mala da Helena. Vai entender... Mas tem tantas outras opções! Eu mesma ando morrendo de vontade de dar uns pegas naquele ex da sua irmã, o Pedro. Aquele jeitinho de gênio incompreendido me mata!

– Eca, Bia! Já não basta o mau gosto da Manuela, agora você também? E quanto às opções... não adianta. Eu nunca consegui deixar o Guilherme pra lá.

– E se eu fizer ele vir pra festa?

– Acho difícil. De verdade. Ainda mais depois do noivado, que ele anda todo santo! Mas, mesmo que ele viesse, provavelmente não ia dar em nada.

– Sua fé anda em baixa, mocinha. Meus planos não costumam falhar, e eu estou com um excelente em mente. Qual é mesmo o nome daquele amigo do Guilherme que mora no Jardim Botânico? Pega o telefone dele aí!

– Voltando pra casa sexta-feira? Que milagre é esse? – Pedro perguntou jogado na cama quando viu Henrique chegar.

– A Moyra vai dar plantão hoje – Henrique explicou desanimado – Ela até insistiu para eu não ficar em casa, mas se eu não for com ela à festa, com quem mais eu...

Pedro tirou por um momento os olhos do livro no qual estava concentrado e viu que Henrique olhava para ele fixamente.

– Quê?!

– Você! Eu vou salvar você dessa noite deprimente jogado na cama de meia furada lendo Radiguet, seja lá quem ele for!

– Minha meia não está furada, você deveria conhecer Radiguet e eu não preciso ser salvo, não importa que ideia você tenha em mente!

– Ah, qual é, Pedro? Desde que você terminou com a Manuela parece um mendigo andando pela casa. Isso quando não se enfia no quarto para não encontrar com a Helena pelos corredores.

– Eu não estou enfiado no quarto: estou estudando!

– Radiguet?

– Não, agora eu só estou lendo. E que interrogatório é esse?

– Eu acho que você anda meio deprimido e não quer conversar – Henrique tirou o livro das mãos de Pedro em um golpe rápido a ponto de lhe dar um susto – mas como eu sou um amigo incrível, vou te obrigar a isso.

– É, eu devo ser um cara de sorte! – Pedro ironizou, ainda irritado pelo destino do livro jogado por Henrique no canto do quarto.

– Eu paro de perturbar quando você admitir que não está tudo bem.

– Não conhecia esse seu lado sádico. – Pedro tentou uma última ponta de sarcasmo antes de entrar no mérito da questão que vinha evitando desde o casamento de Jacqueline. – Tá bom! Eu não estou bem. Achei que as coisas fossem ser mais fáceis, mas a verdade é que eu sinto muita falta. Muita falta...

Henrique esperou pra ver se saía mais alguma coisa, mas diante do silêncio de Pedro depois das reticências, resolveu interromper aquele momento.

– Então nós vamos à festa hoje.

– Festa?! Que festa é essa?

– A que eu ia com a Moyra. Os ingressos já estão comprados, ela insistiu para eu ir, você está criando raízes nessa cama... decidido, nós vamos! Saímos às onze, se programe!

Henrique saiu do quarto deixando Pedro sem livro e sem ação.

– Festa? – Guilherme confirmava incrédulo com Helena pelo celular.

– É uma edição do Bailinho, Gui. A Manu anda péssima desde que terminou com aquele garoto e eu acho que vai ser bom pra ela.

– Manda ela ir com a Pietra! – Guilherme resistia.

– Imagina, aquela louca vai dar uma festa em casa hoje. Mais um motivo pra eu carregar a Manuela pra rua. Você sabe que não vai rolar nada demais.

– Eu confio em você, não nos outros! Ainda mais vocês duas juntas e sozinhas!

– O Henrique deve ir com a namorada também, comentou sobre a festa no começo da semana. Melhorou agora?

– Um pouco... tem certeza que eu não posso ir?

– Como é que eu vou consolar minha melhor amiga fazendo ela de vela, Guilherme? Não, amor. Fica em casa ou de repente dá uma saída com os meninos. Mas comporte-se que amanhã a gente tem que ir a Petrópolis resolver os últimos detalhes da festa. Se você dormir demais e esquecer, eu mantenho a festa e troco de noivo.

– Tudo bem. Mas você sabe que vai ter que me recompensar por isso dormindo aqui amanhã, né?

– Fechado! – Helena desligou, feliz pelo sucesso de sua diplomacia. Seu visto para a festa estava garantido.

Henrique terminava de se arrumar conversando com Amélia quando Pedro apareceu pronto na porta do quarto.

– Ahá, então eu realmente consegui tirar a Rapunzel da torre! – Henrique brincou enquanto Amélia o ajudava a dobrar as mangas da camisa.

– Eu tenho direito a saber pelo menos que festa é essa?

– Bailinho, já ouviu falar?

– Não é a mesma festa que a Helena vai? – Amélia entrou no assunto.

– Não, acho que não, tia. Eu comentei semana passada e ela não disse nada. Ela está com o Guilherme?

– Não – Amélia continuou – Está na casa da Manuela se arrumando e disse que só volta de manhã.

– Ah, então ela deve ter ido à festa que a Pietra está fazendo na casa delas. Eu recebi o convite.

– É, a Beatriz Weissman me ligou para falar dessa festa também – Pedro se manifestou.

– Reparou, tia, como ele tá todo popular agora? "Beatriz Weissman me ligou". Um descarado!

Os três riram e Amélia ressaltou:

– Meu filho, tem que sair e se divertir mesmo, mas muito cuidado com essa Beatriz. Essa menina não vale nada.

– Nem ele, tia, não se engane! Bom, vamos?

Helena e Manuela chegaram à Marina da Glória como se fizessem uma viagem no tempo. O fato de estarem sozinhas ali, como na época do colégio, de terem deixado pra trás todas as conversas típicas da vida adulta, de terem escolhido duas *frozen* margaritas imensas como acompanhantes... tudo isso fazia com que elas se sentissem com dezessete anos de novo. Encararam a pista de dança como uma velha conhecida e já chegaram dançando "Kiss" com caras, bocas e risos.

Quase todos os olhares da festa eram atraídos por elas, mas foi o olhar de Helena que registrou algo que a fez parar de dançar na hora.

– Manu... você não vai acreditar em quem está aqui!

– Não, cara, a minha ideia era sair pra beber, sei lá. Mas festa, não rola – Guilherme recusava o convite de Rafael pelo telefone.

– Que parada é essa agora, Guilherme? Sua namorada vai pra festa com a amiga e você não pode ir?

– Tá me estranhando Rafael? Poder eu posso fazer o que eu quiser. Mas não tô afim de ir à festa de Pietra nenhuma. Essa garota é meio estranha e, pra piorar, a Helena não se dá bem com ela. Vou arrumar problema pra quê?

– Precisa arrumar problema? Você ainda ajuda a adiantar meu lado. Tô querendo pegar aquela Beatriz há meses e você sabe disso. Ela me liga hoje chamando pra festa e você não colabora?

– Vai você! Não é você que quer pegar a garota? Então!

– Sozinho? Nada a ver. Vacilo seu, tá? Mas eu já tenho que me acostumar mesmo que agora você só faz o que a Helena deixa, tá de coleira.

– Não tem nada disso de coleira, Rafael. – Guilherme começava a se irritar.

– Ah, não tem não? Então fala aí: a patroa ia deixar você ir à festa da Pietra ou não?

– Quer saber? Tô passando aí pra gente ir. Mas, se liga: sem enrolação com a tal da Beatriz. Chegou, pega logo, que eu vou embora assim que vocês se resolverem.

– Agora sim, é o meu amigo Guilherme! Falou, irmão, te espero aqui.

Henrique tinha conseguido contornar um possível incidente diplomático: falou com Helena e Manu e depois ele e Pedro escolheram um lugar a uma distância segura das duas, em que nenhuma das duplas estragasse a festa da outra. Mas esse ponto já estava fadado à derrota.

Durante quase toda a festa, Manuela não conseguia deixar de olhar para Pedro, e Helena já estava prestes a dar um puxão de cabelo na amiga. Por outro lado, Pedro, por mais que tentasse evitar, volta e meia se encontrava com os olhos voltados para o local onde as duas estavam. Henrique já tinha desistido de chamar a atenção do amigo, quando ganhou duas rivais na tentativa. Duas loiras que seriam dificilmente ignoradas abordaram os dois. Uma delas chamou Henrique pelo nome, por mais que ele não conseguisse lembrar de forma alguma como se conheciam. A outra, então, se aproximou de Pedro enquanto a amiga tentava refrescar a memória de Henrique dizendo que se conheciam de uma festa na Barra ou coisa assim.

Manuela cravou as unhas no braço de Helena quando viu a outra loira se derreter para cima do ex. Antes de gritar, Helena entendeu o motivo da agressão, e pediu que a amiga se controlasse.

– Calma, Manuela! Eles só estão conversando, vai ver que se conhecem.

– Se conhecem de onde, Helena? O Pedro nunca foi de frequentar boate! E essa garota, pelo contrário, parece ter nascido na pista!

– Ei! Alguém já te disse que olhar para o ex com cara de touro diante de vermelho não é uma boa estratégia de reconquistá-lo? Quer se controlar, Manu?

– Tá bom, você tem razão. Mas eu não vou aguentar ver aquela garota encostar um dedo nele, Helena!

– Olha só, eu estou seca – Helena mostrou o copo vazio depois de derramar de forma nada discreta toda a sua margarita no balde de gelo da mesa próxima delas – vai lá no bar pra mim? Por favor?

Manuela foi contrariada, mas acreditou que a amiga pudesse estar em melhores condições de raciocinar do que ela. Quando virou as costas, Helena foi correndo na direção dos dois, que estavam a caminho do banheiro. Passou por Henrique, que visivelmente tentava cortar o assunto com a loira número 1. Parece que Moyra tinha realmente marcado território, mesmo à distância. Em seguida, Helena passou por Pedro e a loira número 2 e propositalmente esbarrou nela, fazendo que perdesse o equilíbrio e quase beijasse o chão.

– Desculpa, querida. Mas você está num péssimo lugar – disse antes de seguir para o banheiro.

Pedro riu discretamente da atitude de Helena e, repentinamente, decidiu ir atrás dela, deixando a loira recém atropelada falando sozinha. Segurou Helena pelo pulso quando ela já estava na entrada do banheiro.

– Ei! – disse sem conseguir elaborar nada mais consistente em seguida, quando ela olhou pra ele.

– Qual é a sua afinal, Pedro? Vir para a mesma festa e ainda ficar provocando com uma periguete qualquer?

– Eu nem sei quem é ela e não estava te provocando!

– Me provocando? Eu estava falando da Manuela! Agora me larga?

Pedro soltou Helena e os dois permaneceram se encarando por alguns segundos, até que ela tomasse a direção de volta para a pista de dança.

– Achei que você quisesse ir ao banheiro! – Pedro gritou, implicando com Helena, já que tinha ficado óbvio que ela tinha passado exclusivamente para interromper o flerte da loira com ele.

– Vai tomar conta da sua vida, Pedro! – Helena esbravejou, olhando pra trás.

Ele riu e voltou para perto de Henrique, que já tinha conseguido se livrar da outra garota (sem lembrar de onde ela o conhecia, diga-se de passagem).

O número de pessoas na festa de Pietra tinha ultrapassado há tempos o número de convidados. Bebida e afins rolavam soltos ao som de The Gossip, Ting Tings, Nine Inch Nails e companhia. No entanto, a dona da noite estava visivelmente entediada, encostada no sofá branco em L da sala principal com um olhar perdido.

Beatriz, que estava na janela até então, apareceu eufórica diante dela e disparou a notícia:

– Ele chegou! O Guilherme veio!

O Bailinho tinha prós e contras para quem queria uma noite sem romance. Quando a música lenta começou a tocar, Manu e Helena foram saindo da pista enquanto cantavam e morriam de rir. Nesse momento, foram abordadas por Ricardo, um antigo ficante de Manu, e um amigo dele, Armando. Os dois insistiram para que dançassem com eles. Manuela topou assim que viu que Pedro não tirava os olhos daquela cena. Era uma maneira de atrair a atenção dele. Helena, por sua vez, negou várias vezes até que achou que dançar com o tal Armando seria mais rápido do que o tempo que já estava passando com ele explicando que era noiva.

– A gente vai brincar disso a noite toda? – Henrique perguntou a Pedro, que se esticava inteiro com cara de poucos amigos para ver o que se passava com as duas.

– Do que você está falando? – respondeu protocolarmente, sem tirar os olhos da pista de dança.

– Do fato de que vocês vão passar a festa toda se controlando.

– Imagina. Eu só quero ter certeza de que as duas estão bem. Esses caras de vez em quando abusam.

– Sei... e esse cara aí, vai ficar mentindo pra si mesmo até quando?

Pedro parou de prestar atenção em Henrique por completo quando viu que o que estava dançando com Manuela a levantou no colo, e Helena tentava se desvencilhar do outro, provavelmente por algo que ele teria dito ou tentado.

Antes que Henrique pudesse perceber, Pedro levantou voo pousando na pista de dança e lançou Armando a uma distância considerável com um empurrão. Em seguida, voltou-se para Ricardo, que, mesmo atordoado, parecia disposto a querer brigar. Henrique se viu sem escolha e correu para o mesmo cenário, imobilizando Ricardo com uma chave de braço até que ele se acalmasse e resolvesse ir embora.

– Pedro, por que você fez isso? – Manuela se fez de indignada por charminho, tentando esconder o sorriso por ter sido defendida pelo ex.

Helena não disse nada, mas ficou aliviada por Pedro ter tirado o insistente Armando de perto dela. Pedro também não disse nada. Encarou as duas, ofegante, ainda tentando entender o que tinha acontecido por impulso.

– É, acho que essa festa já deu. Vocês querem uma carona? – Henrique tentou apaziguar.

– Não, eu vim de carro. E nós não vamos pra casa agora. Mas acho que vocês deviam mesmo. Tem gente precisando de um banho frio – Helena provocou.

Pedro foi mudo durante todo o caminho até o Leblon. Henrique não insistiu. Quando chegaram em casa, Pedro desabafou:

– Eu não sei mais como lidar com isso.

Henrique não disse nada. Serviu duas taças de vinho, entregou uma delas a Pedro e se sentou diante dele para escutar o que ele tinha a dizer.

– Eu achei que a gente fosse se resolver ou... sei lá... achei que isso fosse passar. Mas todos os dias, cada um deles... eu sinto falta dela. Quase todas as noites eu sonho que voltamos a nos falar. Quando acontece qualquer coisa, boa ou ruim, eu sinto aquele impulso de correr pra contar pra ela. Pra saber o que ela diria ou faria. Pra ouvir ela rir do que eu digo, implicar com o meu jeito... Eu sinto falta do cheiro dela. Da sensação de que vai ficar tudo bem quando ela está por perto. Eu nem sei por que eu tô dizendo tudo isso pra você. Mas é por isso que eu ando tão quieto. Porque isso tudo fica martelando aqui dentro. E nada faz sentido com a gente longe assim. Nada faz muito sentido sem ela.

– Cara, eu vou te poupar de uma pergunta óbvia porque acho que você ainda não está pronto pra responder pra si mesmo.

– Eu sei. E acho que tô precisando dormir.

Henrique deu um tapinha no ombro de Pedro quando ele se levantou em direção ao quarto, mas permaneceu sentado no chão da sala. Ele já tinha suspeitado que isso pudesse estar acontecendo. Mas não fazia ideia do quanto era sério.

Manuela e Helena sentaram na mesa de canto que sempre escolhiam no Eclipse de madrugada. Pediram o de sempre: um Australiano com Coca Zero pra uma e um Parma Light com suco de melão para a outra.

Helena estava séria e introspectiva. Parecia ligeiramente contrariada. Manu nem percebeu. Estava eufórica como uma criança de cinco anos na noite de Natal. Os olhos brilhavam e o sorriso escapava sem que ela sentisse.

– Você viu, Lê? Ele se importou! Ele morreu de ciúmes! Eu sabia que ele ainda sentia alguma coisa. Nada do que a gente viveu podia terminar daquele jeito.

– É... eu acho que foi uma crise de ciúmes sim. Eu nem esperava que ele pudesse ter uma reação troglodita daquelas. E antes do Henrique, que costuma ser ninja.

Manuela não respondeu verbalmente, só encolheu os ombros sorrindo mais uma vez, como quem constata o que tinha dito.

– Eu espero que vocês se entendam, Manu.

– Eu achei que você estivesse com raiva do Pedro. – Manuela se surpreendeu.

– Raiva? Não... eu fiquei chateada com ele sim, mas porque era uma escolha. Ou eu ficava contra ele ou contra mim mesma.

– Do que você tá falando?

– Deixa pra lá. O que importa é que eu parei de falar com o Pedro porque ele entrou em um assunto que eu não queria entrar. Mas nada disso muda quem ele é. Aquele chato todo certinho que parece pensar mais nos outros do que nele mesmo.

– Vocês se tornaram amigos mesmo, né?

– Sim. Eu acho que sim. Sinto falta dele jogando buraco comigo e com a Amélia, das nossas discussões sobre política e filosofia... como aquele bobo pode concordar com Rousseau? Sinto falta das nossas brigas por futebol, porque, claro, ele é flamenguista e jamais vai entender que tricolores são superiores por natureza. Também sinto falta de ouvir música com ele, de cantar Guns, aturar ele curtindo Stone Temple Pilots e de tentar fazer ele entender por que eu amo tanto The Clash. Eu não sei como aguentava encontrar ele largado no meu quarto lendo os meus livros, ou deixando os dele emprestados para mim em cima da minha cama, só porque achou que eu precisava ler aquilo.

– É tão estranho ouvir você falando do Pedro. Parece um outro Pedro que não o meu. Na verdade, parece que você conhece um Pedro que eu não conheço.

– Você deu sorte, porque o Pedro que eu conheço é uma mala! – descontraiu – mas o importante é que ele é louco por você. E pelo que deu pra ver hoje, continua sendo.

– Me ajuda? Me ajuda a conseguir o Pedro de volta?

– O que eu puder fazer... conte comigo. Agora vamos comer logo que eu já estou caindo de sono.

Já eram sete e meia quando Manuela chegou em casa. Girou a chave devagar e entrou, já desviando de um copo quebrado e um vaso de plantas virado.

– Minha avó vai ter um troço! – pensou.

Continuou caminhando na ponta do pé até que se deparou com o sofá branco e segurou um grito, levando as duas mãos à boca.

– Ai, meu Deus!!!

X – LONGOS, TERNOS E MOEDAS DE PRATA

It's a dead man's party.
Who could ask for more
Everybody's comin',
leave your body at the door
Leave your body and soul at the door
Oingo Boingo – *Dead Man's Party*

Finalmente, o dia tinha chegado. Petrópolis não tinha tanto glamour nem recebia tamanha atenção desde os tempos em que fazia jus ao nome de cidade imperial. Dessa vez, o motivo de tanta pompa e circunstância não envolvia títulos, mas certamente estávamos falando de uma espécie de nobreza. O Palácio de Cristal da cidade havia sido o cenário escolhido para a festa de noivado de Helena Piva de Albuquerque e Guilherme Lunardelli, em uma produção para Cinderela nenhuma botar defeito.

A cidade fervilhava com a chegada de sobrenomes importantes de todas as partes do Brasil e alguns de fora do país. Todos os hotéis e pousadas estavam lotados e os imprudentes que deixaram as reservas para última hora disputavam vagas em estabelecimentos de cidades vizinhas ou casas de conhecidos. O Palácio já estava todo decorado, inclusive com as orquídeas pedidas por Helena. Os músicos contratados chegaram com antecedência, assim como o buffet e seus funcionários. Nada podia estar fora do lugar. Nada podia sair do planejado.

Os avós de Manuela saíram de casa no início da manhã, rumo à cidade. Claro que poderiam muito bem esperar mais algumas horas sem qualquer chance de atraso, mas, como sempre, prefeririam evitar imprevistos no caminho. Era deles um dos quartos reservados por Helena, que ocupou todo o hotel de luxo mais conhecido do centro da cidade. Preferiram chegar cedo e descansar um pouco antes do corre-corre da festa. Ainda mais depois que tiveram a surpresa de que Pietra também iria. Sempre avessa a qualquer assunto relacionado a Helena, e especialmente inclinada a não aprovar o casamento dela com Guilherme, Pietra deu a inesperada notícia de que confirmava presença no noivado na véspera do evento. Evandro recebeu a notícia com desconfiança e fez várias recomendações de que a neta não causasse nenhuma confusão aquela noite, mas Luiza acreditou que se tratava de uma forma da neta redimir-se pelo comportamento reprovável que vinha tendo com a melhor amiga da irmã. Pietra, por sua vez, justificou a decisão de forma mais simples e menos dramática: o evento seria de grande importância para sua coluna.

Manuela não foi com os avós. Estava nesse momento se encaminhando para Petrópolis ouvindo Dire Straits no banco do carona de uma Cherokee branca, cujo proprietário atendia pelo nome de Felipe Dantas. O que o engenheiro naval estava fazendo a caminho do evento? Explico: Manu ficou tão animada com a reação de Pedro no Bailinho há algumas semanas, quando um conhecido qualquer se tornou um pouco mais inconveniente, que tinha batido o martelo – provocar ciúmes seria sua estratégia para reconquistar o ex. E se você achou que Felipe estava nessa de gaiato, fez mau juízo da primogênita Garcia Leal. Manuela, que vinha tendo bastante contato com ele nos últimos dias, abriu o jogo a respeito de sua resistência quanto ao término com Pedro e de sua vontade de tentar arrancar alguma reação mais decisiva dele, se aparecesse na festa ao lado de um suposto novo namorado. Felipe, que já tinha até desistido (pelo menos oficialmente) de ter algo diferente de amizade com a complicadíssima moradora do Arpoador, não se importou em ajudar Manuela. O mundo precisava de mais bons moços!

Pedro já tinha avisado que não iria à festa. Sim, Helena tinha enviado um convite ao rapaz que morava no quarto ao lado do seu, apesar de não estarem se falando desde o incidente no casamento de Jacqueline, mas, para que a ausência de convite não gerasse um desconforto maior, optou pela diplomacia. Pedro, compreendendo isso, lançou mão do bom senso, e preferiu dizer que não poderia comparecer em função de outro compromisso... A desculpa ficou ainda mais deslavada porque ele precisou ir a Petrópolis levar Amélia (Henrique só ficou de chegar na hora da festa por causa do trabalho de Moyra). Sendo assim, parece que a noite do economista continuaria sendo de leitura e estudos, mas em um cenário diferente.

Guilherme tinha o peito mais estufado do que nunca. Estava radiante por finalmente oficializar o noivado e por Helena finalmente parecer animada com o evento. No carro com os pais, respondeu com um sorriso a todas as provocações da mãe que, em um ácido tom de brincadeira, dizia que ele tinha arrumado uma maneira solene de prender Helena. Por um lado, ele sabia que Helô estava certa. Nada gerava tanto medo em Guilherme quanto pensar em perder a namorada. Torná-la noiva era fazer dessa uma hipótese cada vez mais remota. Portanto, o noivado era muito mais que uma festa da qual se falava por todos os cantos: era um passo adiante no único plano real que Guilherme tinha traçado desde os dezesseis anos de idade – transformar Helena na Senhora Guilherme Lunardelli.

E falando nela, a quase-futura-senhora Lunardelli tinha ido sozinha para Petrópolis, para se certificar de que todos os detalhes estivessem dentro do padrão Helena de exigência. Não eram nem duas da tarde e ela já estava exausta! Mas sentiu suas energias se renovarem quando Amélia chegou à suíte presidencial do hotel. Saber que a madrinha estava ali tornava tudo mais fácil. Foi assim desde o jardim de infância, quando Helena se recusava a permanecer naquela salinha colorida cheia de pessoas estranhas se Amélia não estivesse por perto. Para conciliar essa exigência de uma pequena ditadora com as normas rígidas do colégio católico, chegaram a um meio-termo: Amélia passava toda a tarde sentada em um pequeno pátio que podia ser visto pela janela da sala de Helena, que fazia questão de conferir a cada cinco minutos se ela ainda estava esperando ali. Naqueles dois anos letivos, Amélia devorou quase quinhentos livros e fez diversos sapatinhos de tricô, mas jamais questionou se aquele esforço era realmente necessário. Se deixava Helena segura, ela esperava. Se deixava Helena segura, ela ia mais cedo para Petrópolis.

– Dinda, que bom que você chegou! Nossa, demorou tanto, eu já estava suando frio só de pensar em resolver tudo sozinha! – Correu em direção a Amélia e a abraçou com força.

– Mas você resolveu tudo sozinha, Helena! Não se preocupe, já está tudo certo. Hoje você só precisa aproveitar a festa. E falando em sozinha, cadê o noivo?

– Deve estar chegando, mas já avisei que só quero vê-lo na festa.

– Olha, aquela coisa do noivo não poder ver a noiva antes da hora só vale para casamento, viu?

– É que às vezes o Gui me deixa mais nervosa do que me acalma. E hoje eu preciso estar tranquila pra tudo dar certo.

– Eu não sei se hoje é o melhor dia pra te dizer isso, mas a pessoa que você escolheu para se casar não deveria ser capaz de deixar você mais tranquila?

– Dinda, jura? Você realmente quer entrar nesse ponto?

– Não. Não quero aborrecer você, lógico. Mas quero que saiba que nenhum momento é tarde demais pra desistir, Helena. Você está mesmo decidida a se casar com o Guilherme? Ele é a pessoa que você quer ter do lado pro resto da vida?

– Você sabe que sim!

– VOCÊ sabe que sim?

Helena sentiu as palavras faltarem quando foi golpeada pelas palavras da madrinha. Sim, ela sabia que sim. Não sabia?

– Essa não é uma decisão repentina, Dinda! Eu e o Guilherme estamos juntos há seis anos. Esse era o rumo natural das coisas.

– Seis anos e você ainda não consegue me dar um motivo mais sólido do que "o rumo natural das coisas". Minha filha, eu queria estar aqui sempre... pra sempre! Queria sempre poder te dar a mão que você me estende desde pequenininha. Te proteger, te fazer companhia, cuidar de você, que é forte desse jeito, mas muito mais sensível do que as pessoas imaginam. Mas eu não vou estar. Nós sabemos disso: logo eu não vou mais poder estar aqui.

– Não fala isso, Dinda – Helena sentia as pernas perderem as forças e um vazio apertando o peito toda vez que pensava que o óbvio "um dia" aconteceria.

– E quando esse dia chegar, eu quero ter certeza de que passei o bastão para quem te faça se sentir segura desse jeito. Quem goste de você por todas as suas qualidades e por todos os seus defeitos. Quem possa ser forte quando a sua força falhar. Você entende?

Helena entendia. Mais até do que gostaria de admitir.

Com a proximidade da hora da festa, Henrique e Moyra já estavam chegando a Petrópolis. Primeiro a médica hesitou em ir porque disse que não teria roupa à altura. Ele correu até o shopping e comprou um vestido de organza maravilhoso, fazendo uma das vendedoras, que julgou ter um corpo parecido com o da namorada, experimentar antes. Perdendo essa desculpa, ela tentou apelar para o horário. Ele esperou até às 18hs para que fossem juntos. Sem alternativa, Moyra topou participar do primeiro evento com a família do namorado, mesmo que ligeiramente a contragosto. Ela não se lembrava de já ter ido a uma festa de noivado, e muito menos a qualquer festa no Palácio de Cristal que se parecesse com um baile real. Todo aquele glamour excessivo parecia tão distante de sua realidade, que ela tinha optado por olhar para tudo aquilo a uma certa distância e com o nariz ligeiramente torcido.

Henrique sabia que aquele não era o universo de Moyra. Suspeitava que exatamente por isso ele tivesse se encantado tanto por ela. O fato de trabalhar (e muito!) para pagar contas que ele nunca via chegar, como telefone, luz, gás. Seu interesse por questões muito maiores e mais importantes do que o destino da próxima viagem de férias. A maturidade que ela tinha nos olhos, nos gestos, nas atitudes. Sim, Moyra tinha conquistado um dos corações mais disputados do Rio de Janeiro. Mas ela não parecia entender a importância disso.

Pararam o carro no limite permitido para veículos, onde um *vallet* pegou as chaves da Porsche. A partir dali, os convidados só poderiam ser conduzidos à festa em carruagens que fariam qualquer garota voltar aos cinco anos de idade e se sentir em um conto de fadas. Também era dada a opção de irem montados em lindíssimos cavalos Shire, de um preto reluzente. Mas, por motivos evidentes, as mulheres, de vestido, não se sentiam atraídas por essa possibilidade.

– Carruagens, Henrique? Sério?

– Bom, a menos que você saiba montar, essa é a opção – brincou enquanto acariciava um dos cavalos brancos impressionantemente fortes e saudáveis que aguardavam para conduzir o veículo.

Moyra visivelmente não se identificava com a proposta do baile de noivado. Subiu contrariada na carruagem seguida por Henrique.

Helena já estava no Palácio de Cristal quando Manuela chegou com Felipe. A melhor amiga parecia vestida para matar, com um longo dourado perfeitamente ajustado às suas curvas e um decote insinuante cravejado de brilhantes. Os cabelos tinham ondas marcadas como as das divas Hollywoodianas dos anos 40 e os lábios, que geralmente traziam só brilho, dessa vez se destacavam com um tom de terra intenso.

– Manu, você está linda! – Helena elogiou com sinceridade.

– E você, Helena? Meu Deus, essa festa toda é um sonho e você parece uma princesa! – Sorriu do jeito que fazia seus olhos de um profundo azul escuro ficarem quase imperceptíveis de tão pequenos.

Manuela tinha razão. Helena usava um tomara que caia Dior Couture nude rosado com cauda longa que era digno da realeza. Joias delicadas, maquiagem de olhos esfumados e um coque maravilhoso arrematavam o *look*.

– Obrigada! Mas parece que você apostou em um outro acessório de peso fora a clutch Valentino...

Helena referia-se à presença de Felipe.

– Eu achei que pudesse ser uma boa aparecer com ele.

– Por causa do Pedro?

– Claro! Acho que provocar um pouco de ciúmes pode ajudá-lo a tomar uma atitude.

– Bom, se ele terminou tudo por causa de um beijo entre vocês dois... não sei se aparecer com o próprio Felipe a tiracolo vai ser uma boa estratégia pra ele ver que estava errado em desconfiar de você.

Manuela não tinha pensado nisso.

– Mas, de qualquer forma – Helena continuou – não sei se isso vai ser necessário. O Pedro disse que não viria.

Helena cumprimentou Felipe, se despediu de Manu e foi até a porta receber Henrique e a candidata à cunhada que ainda não conhecia.

Amélia queria dar à afilhada um presente especial em seu noivado. Passou meses procurando em antigas caixas de joias um anel de diamantes que tinha ganhado de presente do pai em seu aniversário de dezesseis anos, até encontrá-lo em uma improvável gaveta.

Comprou uma caixinha especial para colocá-lo e escreveu uma carta para Helena, para ser entregue junto com o presente. Trouxe a surpresa para Petrópolis com todo cuidado para que Helena não a visse antes da hora, mas, com tanto zelo, acabou esquecendo-a no quarto do hotel. Poderia perfeitamente entregar depois da festa ou no dia seguinte, mas isso não teria o mesmo efeito.

Pensou na única pessoa que poderia ajudá-la e, sem pensar duas vezes, puxou o celular diante da bolsa de acrílico marmorizado.

– Pedro, preciso que você me faça um favor, meu filho.

Helena parou por um momento diante de seu próprio Baile de Noivado. As orquídeas tornando o cristal menos frio, os músicos da orquestra, os cavalos – verdadeira paixão que tinha desde pequena – do lado de fora, os olhos impressionados dos convidados que chegavam. Viu a madrinha sorrir olhando para a pista de dança enquanto o pezinho esquerdo batia ritmadamente ao som de "Cheek to cheek". Viu Manuela com seu sorriso mais lindo conversando com Felipe, enquanto ele cochichava alguma coisa no ouvido dela. Por mais que outros interesses estivessem em jogo, eles faziam um casal lindo, e era a primeira vez que ela via isso. Viu o irmão tentando agradar a namorada de todas as maneiras, e o nítido desconforto de Moyra, que em parte era proposital, como se fizesse questão de se manter do lado de fora. Viu Guiherme radiante como nunca tinha visto. Ele abraçava calorosamente os convidados que chegavam e ajeitava a gravata com orgulho, sabendo que era, junto com Helena, um dos donos da festa. Guilherme estava justamente procurando por ela quando, naquele momento, os olhos dos dois se encontraram. Ele deu o sorriso mais luminoso e sincero do mundo. Ela não pôde deixar de se sentir feliz por aquilo. De alguma forma, aquela festa parecia mais dele do que dela. Mas não entendia por quê, já que todos os detalhes foram escolhidos a seu gosto. Sim, era a festa dos sonhos de Helena. O problema é que ela se sentia demasiadamente acordada para tudo aquilo.

Pedro sentiu-se extremamente desconfortável com o pedido de Amélia, mas não conseguia recusar nada a ela. Ir até a festa era, no mínimo, extremamente embaraçoso! Ele nem podia dizer que não tinha roupas, porque Amélia fez questão que ele levasse o smoking que ela havia alugado. Mas a última coisa que tinha em mente era aparecer na festa de Helena, que sequer falava com ele pelos últimos meses.

– É só chegar e entregar isso a Amélia, ponto! Volto logo em seguida – pensou alto.

Pegou um táxi na porta do hotel, foi até o Palácio de Cristal e pediu que o motorista esperasse naquele ponto, porque não demoraria nem quinze minutos. Teve vontade de escolher o cavalo, que parecia muito com o de um de seus desenhos animados preferidos da infância, mas, como não sabia montar, preferiu evitar uma possível vergonha e foi de carruagem.

Assim que desceu, não pôde deixar de se impressionar com o

lugar. Era realmente lindo! Mal deu dois passos entrando no Baile e deu de cara com Manuela e seu inesperado acompanhante. Ela ficou tão desconcertada quanto ele. Já não esperava mais que viesse, e muito menos que a encontrasse rindo de mãos dadas com Felipe.

– Pedro! Você veio – Manuela parecia se desmanchar diante dele.

– Sim e não. Se vocês me dão licença, eu preciso falar com a Amélia.

– Claro, tudo bem...

Manu não sabia se tamanha pressa e descaso eram sinais de ciúme ou indiferença. Ficou parada olhando para Pedro, que se direcionava apressado para a mesa de Amélia.

Felipe deu um beijo em seu ombro sem dizer nada. Ele sabia o que ela estava pensando, no quanto estava angustiada. Ela estendeu a mão até alcançar a dele novamente e a apertou forte por um instante.

Pedro chegou à mesa de Amélia e colocou a caixa em cima da mesa.

– Entregue, madame.

– Meu filho! – Amélia se levantou para abraçá-lo – Muito obrigada! Mas tem certeza de que não quer ficar?

– Absoluta, Amelinha. Agora que já está tudo certo, eu vou indo. O táxi está me esperando lá fora.

Cumpriu o planejado e seguiu, pelo meio da pista, em direção à porta. Foi interceptado por Henrique e Moyra.

– Pedro! Nossa, finalmente alguém conhecido por aqui! – Moyra o abraçou.

– Por que eu tenho a impressão de que fiquei invisível? – Henrique ironizou dando tapinhas nas costas do amigo.

Ia justamente explicar aos dois que não podia demorar quando uma cena no meio do salão chamou sua atenção.

Evandro e Luiza, que jamais se atrasavam, só agora chegavam à festa. Provavelmente, a perda do horário tinha a ver com Pietra, que chegou excessivamente feliz à festa e seguiu, cortando caminho pelo meio dos convidados, até alcançar Helena no centro do salão.

Helena se surpreendeu com a presença de Pietra, mas permaneceu imóvel, esperando para ver o que ela tinha a dizer.

– Heleninha, me desculpa por todo o meu jeito ultimamente. Você sabe o quanto eu gosto de você e torço para que seja feliz! – Pietra disse, abraçando Helena com força em seguida. E então continuou: – Como prova de que todo esse desentendimento fica para trás e de que quero a felicidade do casal, aqui está o meu presente!

Pietra entregou a Helena uma caixa luxuosa de veludo, que, quando aberta, revelou um belíssimo álbum de fotografias, onde se lia em letras douradas gravadas na capa “My Wedding”. Helena pensou em agradecer, quando abriu o álbum e viu que ele já estava preenchido por fotos que... não tinham exatamente bem-casados como tema.

Helena perdeu as forças no mesmo momento e deixou o álbum cair no chão, aberto. Pietra permanecia diante dela, com um sorriso de triunfo.

Abriu-se um clarão de suspense e espanto na festa, e Guilherme, do outro lado do Palácio, viu que Helena olhava perplexa para Pietra, diante de fotos no chão. No mesmo momento ele soube que algo estava muito errado e tentou se desvencilhar dos convidados para chegar lá.

Pedro, que estava atrás da cena, correu até Helena, percebendo que a reação dela não tinha nada de normal. Parou atrás dela e tocou um de seus braços, que, esticados para baixo, tremiam gelados. Pôde ver então as fotos dá página do álbum aberta no chão e não acreditou naquilo.

Manuela se aproximou e viu as mesmas fotos, também naquele momento.

– Não, Pietra, você não trouxe isso! Não hoje!

– Isso o quê? Você sabia?! – Pedro gritou na direção de Manuela.

– Me tira daqui. – Foi tudo que Helena conseguiu dizer, em tom baixo, embargado e trêmulo para Pedro.

Na mesma hora, ele puxou Helena até a carruagem que acabava de deixar um deputado na festa e mandou que o condutor corresse dali até o ponto dos carros.

Manuela caiu de joelhos no chão, diante das fotos, e não conseguiu conter o choro. Sim, ela sabia daquilo. Ela tinha chegado em casa naquela manhã, depois da festa, e visto Guilherme e Pietra dormindo entrelaçados e nus no sofá da sala. Em choque, pensou em ligar para Helena na mesma hora, mas depois desistiu. Por dois motivos.

O primeiro é que não sabia como a amiga reagiria a esse choque. Não sabia nem se tinha o direito de abalar seu relacionamento tão longo, às vésperas de uma festa de noivado, para contar o que tinha visto.

O segundo motivo era aquele que Manu hesitava em assumir para si mesma. O que fica varrido para baixo dos tapetes que temos dentro de nós e que temos vergonha só de pensar que passaram por nossa cabeça. Mas a verdade é que Manu vinha tendo ciúmes de Helena com Pedro. Um ciúme incontrolável, para dizer a verdade. Claro que ela confiava na melhor amiga. Mas a relação que os dois tinham construído era algo que ela não conseguia alcançar. Parecia que Helena tinha a chave para um Pedro que jamais tinha se destrancado diante dela. Podia ser só amizade, mas e se, do dia pra noite, Helena deixasse de ser uma mulher impossível, comprometida, para estar livre, desimpedida e de coração partido? Será que ela não estaria empurrando o ex-namorado que ainda amava tanto direto para os braços da melhor amiga?

Preferiu acreditar que mais movida pelo primeiro motivo do que pelo segundo, desligou o telefone e se trancou em seu quarto. Nem uma palavra, nem um som. Não tinha visto nada daquilo. Nada daquilo tinha acontecido. Mas tinha! E as provas não permitiam mais que ela seguisse ignorando. Manuela se sentiu a pior das amigas, a pior das pessoas. Felipe se abaixou perto dela e tentou consolá-la, mas não conseguiria por mais que tentasse.

Guilherme estava desesperado quando chegou ao local do crime e perguntou por Helena. Pietra riu sarcasticamente e apontou para a saída. Só então ele viu as fotos no chão e agarrou Pietra pelos ombros.

– Como?!

– Beatriz tirou as fotos. Você estava tão empolgado que nem percebeu.

– Eu estava bêbado e você sabe disso!

– Não parecia, Gui. Afinal, você soube direitinho tudo o que precisava fazer e foi a melhor noite da minha vida!

Guilherme estremeceu inteiro em um momento de ódio absoluto e empurrou Pietra com tanta força que ela caiu deitada a alguns metros dali. Em seguida, ele correu até a porta. Sentiu que não tinha forças e nem controle. Seu pior pesadelo estava acontecendo. Ia perder a única coisa que realmente importava.

Uma tempestade que não tinha se anunciado começou a cair, transformando o cenário da festa em uma imensa janela panorâmica por onde a água corria.

Guilherme correu até o estacionamento e agarrou o *vallet* pelo braço até que ele lhe desse a chave da moto de Rafael. Arrancou com ela em alta velocidade, sumindo de vista na estrada.

Helô gritava apavorada, preocupada com o filho, enquanto Henrique acalmava Amélia, que começava a se sentir mal.

Pietra correu até a avó e perguntou, ofegante:

– O Guilherme! Onde ele foi?

Luiza olhou para a neta de um jeito que fez com que ela congelasse por dentro.

– O que quer que aconteça com ele, Pietra, será sua culpa. Vamos embora, Evandro.

– Espera, vó! Eu preciso saber dele antes de ir!

– Você não vai conosco, Pietra!

Pietra sentiu as lágrimas brotarem de seus olhos. O desprezo da avó era castigo muito pior do que ela podia aguentar. Ainda mais em um momento no qual o amor de sua vida estava correndo perigo e tudo por culpa dela.

Pedro abriu a porta do táxi e tirou o paletó para cobrir Helena, protegendo-a da chuva. Entraram no hotel e seguiram para a suíte presidencial. Nem uma palavra, por todo o caminho. Helena abriu a porta com o cartão magnético, e Pedro já estava pronto para se virar e caminhar até seu quarto, no fim do corredor, quando viu que ela deixou a porta aberta e foi tirando os sapatos, em direção ao banheiro. Entrava, não entrava, permanecia quieto, dizia alguma coisa...? Arriscou o máximo que pôde.

– Helena, você quer que eu te ajude com alguma coisa...?

– Grey Goose! – Ela gritou ao mesmo tempo em que abriu o chuveiro. Ele arregalou os olhos, mas nem pensou em questionar. Não se nega um pedido tão enfático, quanto mais em uma hora dessas.

Pegou o telefone da mesa de cabeceira e discou para o serviço de quarto.

– Boa noite, uma garrafa de Grey Goose na suíte presidencial, por favor.

Dizem que a vodca é conhecida por sua estranha capacidade de provocar uma amnésia pós-porre. Muito bem, escolha certa, Helena. Esquecer a noite de hoje talvez seja mesmo a melhor pedida do bar.

– Ela está bem. Falei com o Pedro agora e eles já estão no hotel. – Henrique anunciou, acalmando Amélia, que era atendida, a contragosto, por um dos paramédicos presentes na festa (se é que ainda se podia chamar assim).

– Ai, graças a Deus. Se ela está com o Pedro, eu fico mais tranquila. E para de me apertar inteira, eu tô bem, já disse! – Amélia puxava o braço enquanto o médico tentava checar seus batimentos.

– Alguma notícia do Guilherme? – Henrique perguntou preocupado a um dos amigos do ex-quase-cunhado.

– Nada... O Rafa tá indo na moto do Diogo atrás pra ver se encontra alguma coisa, o celular dele tá desligado.

– Acho que devemos ir todos. Quanto mais gente procurando, melhor. Tia, você acha que está bem pra ir com a gente ou prefere que eu peça um táxi pra te deixar no hotel?

– Eu vou com vocês – Amélia respondeu, guardando o anel que deveria ter sido entregue a Helena na pequena bolsa Chanel 2.55 e pegando seu casaco marfim.

Quando Helena saiu do banho, não se importou em aparecer na frente de Pedro bem diferente do que costumava: uma camiseta de ballet, calça legging e o cabelo, que tinha sido solto do penteado, caindo em ondas quase desfeitas, sem qualquer direção definida. Pedro chegou a pensar em implicar com aquele *look* demasiadamente casual até para quem morava no quarto ao lado, mas achou que não era uma boa hora pra isso. Além de tudo, ela conseguia estar estranhamente bonita desarrumada daquele jeito e isso ele não ia querer admitir. Apenas observou calado enquanto ela pegou um dos copos de cristal em cima da mesa de centro e encheu da vodca encomendada. Antes de beber, voltou até a mesa e encheu metade do outro copo, entregando a Pedro.

– Não, eu acho melhor não beb...

– Shhhhhhhhhh! – Helena empurrou o copo na direção dele, encerrando qualquer recusa.

Aquela metade foi sua primeira e única ao longo das horas, e já tinha sido suficiente para que ele estivesse vendo duas Helenas quando ela se movia muito rápido. O que praticamente não estava acontecendo, já que ela não tinha ficado só no primeiro copo cheio, e já estava terminando o quarto, choro final da garrafa.

– Foi isso que você tentou me dizer, não foi? – Helena interrompeu um silêncio de horas, sentando na poltrona em frente ao sofá onde Pedro estava sentado.

Ele não respondeu. Só olhou para ela. Não queria triunfar nem ter razão. Na verdade, preferia estar errado. Preferia que ela jamais tivesse motivos para saber que ele estava certo.

– Me desculpa? Eu fui... tão idiota por não ter acreditado em você! – Helena apoiou o rosto na lateral da mão que segurava o copo ainda pela metade.

– Te desculpar por ter acreditado no cara com quem você tinha acabado de aceitar se casar? Não! – Ajoelhou no chão em frente a Helena, colocando a mão sobre a dela. – Eu não tenho por que te perdoar, Helena. Não foi você que errou. Eu que tive um... timing péssimo quando quis te contar!

Helena riu e Pedro acabou sorrindo quando viu que ela tinha achado sua confissão engraçada, por mais que a intenção não tivesse sido essa.

– A Pietra, em compensação... timing do século. – Pedro percebeu que por mais que Helena tivesse se esforçado para tornar aquilo uma piada, a voz embargada no final da frase prendia um choro. – Ele disse que não mentiria nunca pra mim. Parece burrice acreditar, né? Eu sei...

– Difícil é acreditar que ele tenha feito isso. Não tenho como entender alguém que tenha a mulher mais incrível do mundo ao lado e arrisque isso por qualquer coisa que seja! O Guilherme sim, é um idiota, um imbecil!

Helena ouviu as palavras de Pedro sem saber se ele estava exagerando como um ótimo amigo faria. De qualquer forma, o peito ainda doía muito. Imaginar como seria tudo sem Guilherme e depois daquela imensa vergonha...

– Eu só quero dormir. Dormir e esquecer isso pelo menos por algumas horas.

– Eu vou indo então. Vou te deixar tranquila, mas, qualquer coisa, estou a dois quartos daqui.

– Não! Não me deixa sozinha hoje... só até eu pegar no sono. Eu detesto admitir isso, mas tenho pavor de dormir sozinha. Ainda mais depois de tudo...

– Mas essa camisa... – Pedro constatou que a camisa que usava estava ensopada, já que ele tinha deixado o paletó com Helena, monopolizando toda a chuva que caía.

– Tira isso, você vai ficar gripado! – Helena percebeu que Pedro não achou nada natural a ideia de ficar sem camisa e continuou – Ah, Pedro, por favor! Você acha que eu vou te agarrar se você estiver sem camisa? Qual é! Não vou nem olhar pra isso aí!

"Isso aí" foi um pouco demais pra ele, mas por incrível que pareça, funcionou para que se sentisse mais à vontade. Tirou a camisa enquanto ela ligava a televisão. Ouviu uma ligeira comemoração.

– Não acredito que achei esse filme ainda no comecinho. Tem séculos que eu não vejo e adoro! – Helena se jogou sentada na cama, em frente à tela enorme da televisão.

Pedro se esticou para ver do que ela estava falando e abriu um sorriso enorme.

– Achei que só eu ainda gostasse desse filme! – Era "Feitiço de Áquila", um dos seus preferidos desde pequeno. – Chega pra lá! – Pedro recostou na cama ao lado de Helena para assistir.

– Pode ser a vodca, mas eu acho que senti sua falta nesse tempo em que a gente não estava se falando.

Pedro olhou para Helena por alguns segundos com uma expressão séria e respondeu:

– Que bom, porque eu estava morrendo de saudades de você.

Voltaram a assistir ao filme sem dizer mais nada.

Vários carros participaram da busca por Guilherme, além da polícia. Já tinham se passado três horas desde a saída dele da festa, mas nenhuma notícia de seu paradeiro.

Felipe conduzia um dos carros, com Manuela e Pietra. Os pais de Guilherme vinham em outro. Henrique, Moyra e Amélia estavam no carro de trás. Rafael e Diogo foram de moto na frente. E foi deles que veio a notícia, em forma de um grito ainda assustado:

– É ele! Ele está aqui!

Guilherme tinha finalmente sido encontrado. Estava às margens da estrada, a poucos metros da moto, caída no acostamento. Mas se você acha que isso era o fim do pesadelo de todos que estavam preocupados com ele, parecia ser só o começo: Guilherme estava deitado, completamente molhado... e desacordado.

XI – TE GANHAR OU PERDER SEM ENGANO

E eu não sei que hora dizer
Me dá um medo, que medo
É que eu preciso dizer que eu te amo,
te ganhar ou perder sem engano
É, eu preciso dizer que eu te amo tanto
Cazuza – *Eu preciso dizer que te amo*

A maneira brusca como Henrique entrou no quarto antes das seis da manhã, dando um empurrão na porta depois de destrancá-la com o cartão de acesso reserva, fez com que Helena e Pedro acordassem no susto. Fato que, tanto para os dois, quanto para Henrique, foi uma surpresa a cena de que estivessem dormindo praticamente abraçados. Sem mencionar o incidente (como dizia o aviador do Pequeno Príncipe, quando o mistério é demais a gente não ousa questionar), Henrique disparou a notícia que fez com que a irmã levantasse da cama em um salto e vestisse a primeira roupa que encontrou pelo caminho (a mesma com que tinha chegado à cidade de Petrópolis, antes de toda a série de acontecimentos envolvendo a fatídica festa de não-noivado).

Pedro ainda estava atordoado. Sequer percebeu que tinha adormecido e agora acordava no meio de um tsunami. Helena e Henrique já tinham saído – restou a ele tomar um banho e fazer o mesmo. Ainda que não soubesse se o melhor era também estar presente ou não.

Helena chegou correndo e apavorada ao quarto andar do hospital e logo encontrou Helô, que a abraçou chorando.

– Ele está em coma, Helena. Eles não sabem se o nosso Guilherme vai resistir.

Ela sentiu uma fraqueza tão grande que mal conseguia se equilibrar, e isso nem tinha a ver com o fato de não ter comido nada desde a tarde anterior. Helena saiu da festa sem querer ver Guilherme... nunca mais! Mas imaginar que algo pudesse acontecer a ele era inconcebível! Guilherme e ela eram praticamente inseparáveis desde a adolescência. Foi seu primeiro namorado, o primeiro e único cara a quem ela tinha se entregado e a primeira pessoa com quem se imaginou pela vida inteira. Qualquer coisa que acontecesse a ele, acontecia a ela também. Pensar em perder Guilherme era pensar em perder uma parte enorme de si mesma.

– Você quer vê-lo? Eu sei o que aconteceu ontem, mas ele... ele ainda é importante para você, não é? – Helô perguntou em um tom de nervosismo.

– Claro que sim, Helô. Sempre vai ser. E eu quero ver o Guilherme.

Manuela chegou com o avô. Estava segurando as lágrimas quando foi abraçada por Henrique.

– Ele vai ficar bem?

– Não sei Manu. Ninguém sabe. Mas estamos todos aqui torcendo por isso. Ele ia gostar de saber que não nos separamos nessa hora.

– Meu Deus, Henrique, eu não consigo nem imaginar como seria se...

– Nem eu. Então não vamos. Vem comigo pegar um café: pra nós e pra Helô.

Pedro chegou sem saber o que dizer e simplesmente sentou-se no corredor próximo de onde eles estavam. Quando Manuela foi falar com Helô, Henrique viu o amigo e veio até ele.

– Ei – disse, sentando na cadeira próxima à dele.

– Eu não sabia se devia vir ou não.

– Você faz parte da família agora, cara. Estranha ou não, é isso que todos nós somos. Uma família.

– É... eu acho que a gente percebe isso nessas horas.

– Eu não queria entrar nesse assunto, pelo menos não aqui... mas há algo que você queira me dizer sobre ter dormido com a minha irmã ontem?

– Não, eu não dormi com a sua irmã! Eu tenho o maior respeito por ela e por todos vocês. Na verdade, eu dormi com ela, mas não da maneira que isso possa parecer.

– Tá tão enrolado que eu já nem sei mais o que parece!

– Ela não queria ficar sozinha, eu a fiz companhia e acabei pegando no sono.

– Sem camisa?

– Qual é, Henrique, a camisa estava completamente molhada por causa da chuva. Você acha que eu ia fazer isso de graça? Pelo amor de Deus! Não houve nada entre a gente. Nada!

– Você sabe que é bem barato esse truque da camisa molhada, né?

Pedro já ia responder com toda a seriedade quando percebeu que Henrique estava brincando. Riu da própria necessidade exacerbada de se justificar.

– Pedro, tem um tempinho que eu venho precisando conversar com você... sobre o assunto que tivemos no dia daquela festa...

Henrique foi interrompido quando Helena saiu do quarto de Guilherme nitidamente abalada. Os dois levantaram e foram na direção dela.

– E aí? – Henrique perguntou.

– É muito difícil ver o Guilherme assim. Ele parece estar dormindo, da mesma forma que eu já vi uma centena de vezes. Mas saber que ele não vai acordar se eu chamar é muito triste!

– E como você está? – Pedro completou.

– Arrasada. Arrasada...

Pedro abraçou Helena e viu que Manuela se aproximava deles.

– Helena... eu acho que a gente precisa conversar. – O tom de Manu era quase que de confissão de culpa.

– Manuela, eu não sei se agora é...

– Não, por favor. Eu realmente quero muito falar com você.

Helena não disse mais nada, mas acompanhou Manuela até a sala de espera central do andar, que estava vazia.

– Eu queria te pedir desculpas... – Manuela começou, sendo interrompida imediatamente por Helena.

– Por não impedir que eu me casasse com uma pessoa que tinha transado com a sua irmã semanas antes? Por ter levado a Pietra na minha festa de noivado? Ou por não me contar absolutamente nada e me deixar fazer papel de palhaça na frente de centenas de convidados?

Manuela não conseguiu conter o choro, e, de certa maneira, aquilo conseguiu deixar Helena ainda mais irritada. Ela realmente ia se fazer de vítima?

– Eu não sabia que a Pietra ia! Muito menos que ela tinha qualquer intenção de te entregar aquilo, Helena, eu juro, eu nem reconheci minha irmã, foi horrível!

– Eu reconheci sua irmã, Manuela. Aliás, parece que de todos vocês, eu sou a única que conhece bem a sua irmã desde que ela era uma manipuladora mirim. Mas o que me matou não foi o que aquela infeliz fez. Nem mesmo ter sido traída pelo único homem que eu amei na vida. O que me destruiu foi não reconhecer você, Manuela! Minha melhor amiga, minha irmã. Não poder confiar em você foi a pior das quedas que eu tive ontem.

– Não foi assim – Manuela tentou se defender, controlando as lágrimas – Não foi assim... eu não quis fazer nada pra te magoar. Eu... me perdoa... eu achei que se você terminasse com o Guilherme... você e o Pedro poderiam...

– Não! – Helena interrompeu – Nem continua! Você foi mesmo capaz de me esconder a verdade e deixar que eu cometesse o maior erro da minha vida por ciúmes? Por um medo infundado de que eu tomasse o namorado que você perdeu porque também foi incapaz de ser honesta? Manuela, eu não posso acreditar! Isso é a coisa mais mesquinha, mais egoísta... mais doentia que eu já vi!

Manuela não conseguia dizer mais nada. As palavras de Helena eram duras o suficiente para que ela se sentisse massacrada, mas ainda eram pouco perto da imensa culpa que ela sentia. Não havia ar, não havia justificativa, não havia volta. Ela tinha decepcionado para sempre a melhor amiga que já tivera.

– Pode parecer uma revelação bombástica, mas o mundo não gira ao seu redor, Manuela. Se você já terminou, eu preciso voltar.

Helena deu as costas e caminhou lentamente de volta até a ala onde estavam os amigos e familiares em comum. Manuela ficou. Em silêncio diante daquelas paredes impecavelmente brancas, sem conter as lágrimas que insistiam em cair. Manuela e Helena, Helena e Manuela. O que parecia inseparável tinha sido quebrado, provavelmente para sempre. E ela tinha sido a responsável por isso.

Henrique conhecia Helena tão bem quanto a ele mesmo. Quando a viu passar, soube na hora que a expressão dura escondia um coração quebrado. Interrompeu-a no caminho.

– Ei! Posso saber o que aconteceu?

Quando ela se virou na direção dele, pôde ver que o nariz estava vermelho e o lábio inferior trêmulo, da mesma maneira que ficava desde que ela era bebê e estava prestes a chorar – o que sempre segurava o máximo que podia. Não esperou que a irmã contasse o motivo para abraçá-la.

– A Manuela sabia e não me contou, Henrique! Ela viu os dois juntos!

– Shhh! Calma. Você tentou ver quais as razões dela pra ter guardado isso?

– Acredite, era melhor que ela não tivesse dito nada! Você acredita que foi por ciúmes? De que eu e o Pedro pudéssemos nos aproximar depois disso?

Henrique ficou em silêncio por alguns segundos olhando para algum ponto distante, e depois, ainda sem olhar para Helena, balbuciou:

– Foi uma atitude bastante egoísta...

– Só egoísta? Absurda! De onde ela tirou que isso poderia acontecer?

Ele não respondeu. Só enlaçou a irmã com um dos braços e puxou para si, dando um beijo em sua testa em seguida e apoiando o queixo sobre a cabeça dela.

Pedro tinha perguntado por Helena a todos os conhecidos que encontrou no caminho, mas ninguém sabia onde ela estava. Precisava falar com ela. Estava determinado em sua procura quando foi Manuela que o achou. Estava com os olhos inchados e com o nariz vermelho – nenhum QI extraordinário seria necessário para deduzir que tinha chorado e muito. O que ele não poderia supor é que a conversa com Helena tinha deixado mais do que essa marca. Também tinha feito Manuela decidir que não perderia mais ninguém que amasse por não dizer simplesmente a verdade.

– Pedro, eu queria falar com você. Tem um minuto?

– Na verdade eu...

– É importante. Mesmo.

– Tudo bem – não restaram alternativas – pode falar.

– Eu sei... eu sei que errei muito com você, que pisei feio na bola, e você tem todo o direito do mundo de não me perdoar por isso. Mas eu também sei que fiz a maior burrada do mundo. Quando não te contei sobre um beijo sem sentido que foi totalmente roubado, quando levei o Felipe ao Baile de Noivado só pra te causar ciúmes... eu fui tão idiota, meu Deus! – Espalmou a mão na testa enquanto falava, percebendo enquanto as palavras saiam o tamanho de sua estupidez. – Mas eu nunca quis nada diferente do que estar com você. Eu posso ser a garota mais burra do universo, mas sou completamente apaixonada por você, Pedro Bacelar. E me recuso a te perder sem que pelo menos você saiba disso.

Manuela pegou Pedro de surpresa lançando os braços por cima do ombro dele e beijando-o desesperadamente. Ele não teve tempo de repelir ou corresponder. Permaneceu estático inclusive quando ela foi embora em seguida.

Quando se virou para trás, viu que não tinha sido a única testemunha desse momento, e, ao mesmo tempo, tinha encontrado quem procurava. Bingo! Helena passou pelo corredor em que estavam a tempo de assistir ao beijo. Se encararam por alguns segundos até que ela colocasse uma mecha de cabelo para trás da orelha, abaixasse a cabeça e continuasse andando até a recepção.

Henrique tentava ligar para Moyra sem sucesso. Amélia havia ligado poucos minutos antes para avisar que a namorada do sobrinho tinha saído sem se despedir. Ele deveria ter levado Moyra de volta para o Rio, já que ela tinha plantão à noite. Mas com toda a confusão e a preocupação com Guilherme, esqueceu a hora. E agora não conseguia sequer pedir desculpas: ela não atendia.

Viu Helena passar com cara de quem tentava compreender um teorema, e, em seguida, Pedro passar atrás tropeçando no carrinho de copos, sem sequer parar para colocá-lo de volta no lugar.

– Helena, espera! – Pedro chamou antes de conseguir alcançá-la – Eu queria falar com você. A gente pode ir lá fora um minuto?

Helena não teve tempo de responder e foi interrompida por um grito dc Hclô.

– Ele acordou! Helena, o Guilherme acordou!

Helena levou as mãos os olhos e não pôde conter as lágrimas, nem o sorriso, que apareciam simultaneamente como aquelas estranhas manhãs em que sol e chuva convivem como se combinassem perfeitamente.

Esperou até que o entusiasmo dos pais e amigos e a cautela ordenada pelos médicos dessem lugar a um pequeno silêncio e ao pedido de que ela fosse até lá. Não estava pronta para aquele momento e, ao mesmo tempo, não aguentaria mais a expectativa para que acontecesse.

Helô a trouxe pela mão até a cabeceira do filho e pousou a mão de Helena sobre a de Guilherme, deixando-os a sós.

– Ei – Helena jurava que poderia ter começado por algo bem, bem melhor do que isso.

Guilherme apenas sorriu. Qualquer coisa que viesse de Helena naquele momento era como uma bênção, uma segunda chance que sequer merecia. Ele só queria começar de novo. Começar tudo de novo. Do momento em que sentiu a mão dela na dele pela primeira vez, quando os olhos dela finalmente deram o sinal verde pelo qual ele lutou por quase dois anos. Ali ele teve certeza de nunca mais a deixaria ir. Ela seria dele para sempre e ele jamais arriscaria perder o que mais quis ganhar. Mas ele tinha arriscado. Mas ele tinha perdido.

– Eu tive um pesadelo – Guilherme reuniu suas forças, contrariando as ordens médicas, para conseguir dizer o que queria. Helena tentou pará-lo, mas ele continuou – Sonhei que tinha ido a uma festa que eu não queria ir, sabia que não deveria. Mas fui para provar que podia. Quis ir embora desde que cheguei, mas fui estúpido o suficiente para beber enquanto esperava o Rafa se arrumar. Fui estúpido a ponto de sequer ver o que estava bebendo, ou perceber que o que quer que fosse, estava me deixando completamente fora de mim. Então, no pesadelo, eu não me lembro de mais nada. Só de acordar assustado no dia seguinte e não conseguir acreditar que qualquer coisa tivesse acontecido ali. Corri pra casa e dormi novamente. Era um pesadelo. Quando eu acordasse novamente, ia ter passado. Mas o pesadelo recomeçou no dia que deveria ser perfeito. E, sem entender direito o que estava acontecendo, eu vi você ir embora e percebi que tinha te perdido. – Guilherme apertou os lábios com força para não chorar e conseguir continuar – Me perdoa, Helena. Me perdoa, meu amor! Me diz que eu acordei agora e que tudo não passou do pior pesadelo que eu já tive. Me diz que eu não perdi você.

Helena arregalou os olhos com a cabeça virada para cima, tentando segurar as lágrimas. Beijou a testa de Guilherme e ajeitou uma pequena mecha do cabelo dele que, rebelde, caia próxima aos olhos.

– Eu quase morri quando pensei que algo podia acontecer com você. Não consigo imaginar um mundo em que não exista você, Guilherme. Onde eu não possa te ver entrando ou saindo de alguma porta onde todos nós estejamos. Onde eu não ouça sua gargalhada fora de hora, não ouça o motor do seu carro passando no Baixo Leblon, não possa discar seu número e ouvir sua voz.

Guilherme beijava com força as mãos de Helena enquanto ela continuava:

– O que aconteceu na noite passada me partiu por dentro. Doeu muito. Mais do que eu poderia me esquecer um dia. Mas eu te perdoo. Eu acredito que a Pietra tenha feito de tudo para que você caísse na armadilha dela, e você caiu. Eu não quero mais pensar ou falar disso, nunca mais.

– Nunca mais, meu amor, Nunca mais...

– Mas NUNCA MAIS – Helena retomou o que dizia com firmeza – nunca, nunca, nunca mais, Guilherme, eu vou voltar pra você.

Helena acariciou o rosto de Guilherme com os olhos cheios d'água antes de deixar o quarto sem olhar para trás.

Ela amava Guilherme. Mais do que ele jamais saberia. E sabia que ele também a amava. Mais do que ele sabia administrar. Mas ela precisava de muito mais do que aquilo e tinha muito mais para dar do que Guilherme saberia lidar. Ainda que tudo, absolutamente tudo o que aconteceu pudesse ser apagado de sua mente, só havia um caminho, do qual ela sabia que não haveria volta: a saída.

XII – CHUVA DE NOVEMBRO

Do you need some time... on your own
Do you need some time... all alone
Everybody needs some time... on their own
Don't you know you
need some time... all alone
Guns N' Roses – *November Rain*

Ipanema andava se perguntando onde estaria o dono do Jaguar vermelho mais conhecido do bairro. Aquele, que morava na Rua Maria Quitéria e protagonizava os sonhos e fantasias de nove entre dez cariocas com seu sorriso irresistível e seus imensos olhos azuis. Se você for integrante do time que tem roído as unhas atrás de notícias de Guilherme Lunardelli nesses últimos cinco dias, não se preocupe: embora os médicos tenham recomendado umas duas semanas de repouso absoluto no hospital, garantiram que ele terá uma recuperação rápida e plena – ufa!

Mas o que os médicos entendem afinal senão de órgãos e afins? Se o corpo de Guilherme ia continuar funcionando normalmente, por que não diziam nada sobre o resto, se era o resto que fazia com que ele não dissesse nenhuma palavra e tivesse sempre aqueles olhos repousados sobre um canto qualquer do teto? Fato é que o golpe que tinha acertado Guilherme com tanta gravidade não tinha nada a ver com o acidente de moto, mas com o que veio depois dele.

– Meu filho, por favor, fala comigo! Você precisa reagir!

Guilherme sequer encarou a mãe. Apenas contraiu os músculos da face como se estivesse contrariado e fechou os olhos, apertando-os com força. De um deles saiu uma lágrima quase imperceptível, que correu pelo canto esquerdo do rosto dele sem que fosse flagrada pela mãe. Era assim, calado e sozinho, que vinha lidando com o término com Helena Piva de Albuquerque.

As malas na porta do quarto dela também indicavam algo de atípico. Pedro, quando passou por elas no corredor, sentiu um calafrio percorrer o corpo inteiro. Olhou para dentro do quarto, mas não tinha ninguém lá. Permaneceu parado como se olhar para as malas continuamente pudesse fornecer alguma pista sobre o destino ou o motivo delas até ouvir o tilintar das chaves de Henrique, que tinha acabado de chegar em casa.

– Acho que você não vai caber aí, cara! – Henrique sempre tinha o estranho talento de fazer Pedro parecer mais bobo do que o normal em suas cenas.

– Você sabe que malas são essas? Por que elas estão aqui?

– Ouvi por alto alguma coisa sobre a Helena passar uns dias fora. Como ela entrou de férias na semana passada na faculdade e o estágio vai parar pro recesso de fim de ano... acredito que vá viajar, não parece isso?

– Mas viajar para onde?

Henrique soltou o ar lentamente, como se preparasse para uma conversa que já deveria ter acontecido há tempos.

– Senta aí, Pedro.

– Não, eu só queria saber...

– Ei! Calma! Acho que o que você precisa saber mesmo é o que vai fazer com isso.

– Isso?

– Sim. Ou só eu percebi que aquele dia, quando você falava comigo sobre a falta que sentia "dela" e o quanto estava apaixonado por "ela", aquela conversa toda não tinha nada a ver com a Manu?

Pedro não conseguiu dizer qualquer palavra. Esfregou o rosto com uma das mãos até finalmente conseguir levantar a cabeça e encarar Henrique.

– Beleza, e o que você quer que eu faça com "isso"?

– Eu não sei, Pedro. Na verdade, só você vai poder saber. Mas o que não dá é pra continuar fingindo que isso não tá acontecendo. Primeiro, só uma pessoa muito cega não perceberia, porque você finge muito mal!

– Você acha que ela percebeu?

– Não! Aliás, eu fico realmente pensando se o motivo de toda essa negação da Helena não tem a ver com o fato de...

Henrique foi interrompido com a chegada de Amélia e Helena, que traziam algumas sacolas de compras.

– A porta do meu quarto virou o novo Baixo Leblon agora? – Helena perguntou passando no meio dos dois, entrando com certa dificuldade no quarto para adicionar os novos itens à bagagem.

– Você... vai viajar? – Pedro tentou não perguntar a Helena, mas as palavras saíram quase que contra a vontade dele.

– É, eu devo passar uns cinco dias na casa da minha prima em São Paulo. Ando precisando conferir umas lojas novas.

– Bom, eu na verdade preciso ir. Marquei com a Moyra de almoçar no Gula Gula e estou uns dez minutos atrasado. Mas acho que o Pedro vai ficar. – Henrique se despediu com uma continência e saiu, dando um beijo em Amélia, que ainda estava perto da porta.

– Espera! – Pedro quase rosnou para Henrique – eu vou conversando com você no caminho, acho que ainda precisamos rever alguns pontos...

Amélia esperou a porta se fechar atrás dela e perguntou a Helena:

– É realmente necessário você mentir sobre a sua viagem? Aliás, acho que você mesma ainda não conseguiu entender essa ideia maluca.

Helena se deixou cair sentada na cama e Amélia veio se sentar ao seu lado. Ela deitou a cabeça no colo da madrinha.

– Eu sei que você quer sair de perto de tudo isso: a situação terrível do Baile de Noivado, o término com Guilherme, os fotógrafos e jornalistas querendo saber a todo tempo o que aconteceu... Mas é mesmo necessário fazer isso?

– É... é necessário, Dinda. Mas, por mais que eu quisesse que nada disso estivesse acontecendo, o motivo é outro.

– Outro? Você nunca fugiu de nada, minha filha! Sempre enfrentou os problemas de frente. Que motivo é esse que está te fazendo tomar essa decisão?

Helena deu uma pausa e continuou:

– Eu vou te contar, Dinda. Mas você, por favor, não divida isso com ninguém! Nem mesmo nessas suas atitudes Pollyanna em que você acha que precisa intervir nas situações para o bem das pessoas, ouviu?

Amélia riu. Sempre foi mesmo meio Pollyanna. Mas, curiosamente, Helena era tanto quanto ou até mais do que ela. Não prometeu nada, mas se dispôs a analisar a situação com carinho. Claro que não contou sobre isso a Helena. Apenas balançou a cabeça e esperou que ela contasse o que estava acontecendo.

Henrique chegou ao restaurante quinze minutos atrasado por causa da consulta itinerante a Pedro no caminho. Moyra já estava esperando por ele em uma das mesas mais próximas à entrada do restaurante.

– Oi, meu amor. Desculpa pela demora, eu tive um pequeno imprevisto com o Pedro.

– Sempre acontece algum imprevisto com você – ela respondeu com um ar mais seco do que de costume – sua família, seus amigos... sempre tem alguma surpresa, algum desastre, alguma manchete de jornal.

– Bom, você não pode dizer que a vida comigo é entediante, eu acho – tentou amenizar o tom, mas sentiu que a atmosfera estava mais densa do que poderia cortar com tanta simplicidade.

– Eu acho que eu sou um tanto entediante... e nesses dias pude perceber que talvez eu goste de ser assim.

– Moyra eu não disse isso! Eu nunca achei sua vida entediante. Pelo contrário! Você tem uma carreira pela frente, um trabalho fascinante!

– Eu levanto e durmo nos mesmos horários, agendo o pagamento das minhas contas para todo dia vinte e torço para que consiga arcar com todas elas, pego ônibus, fila para entrar nos lugares e, acredite, ninguém sabe meu nome quando eu apareço em algum evento. Essa é a minha vida, Henrique. E a única coisa que você acha divertida nela é o fato de ser completamente diferente da sua. Mas e quando a novidade acabar? Será que você vai enjoar de brincar disso?

Henrique não respondeu. Continuou olhando para Moyra como se ela estivesse sendo dublada em uma brincadeira de mau gosto. Não era possível que aquelas palavras estivessem realmente saindo da boca da namorada.

– Você me conhece tão pouco assim?

– Não é isso. Talvez eu te conheça melhor do que você imagina. Um dia você cansou de ter tudo o que queria e resolveu se aventurar em um projeto de voluntariado. Me conheceu através dele e eu combinei com a sua fase engajada. Mas e quando ela terminar, Henrique? Eu vou junto com as roupas da estação passada que você vai doar para um bazar qualquer? Ou junto com seu carro do ano que foi superado pelo lançamento seguinte?

– Você acha que esse sou eu? Que o projeto pra mim foi uma fase engajada? Que eu me relacionei com você porque combinava com o contexto? – Henrique riu ironicamente – Você realmente pensa isso? Porque se for verdade, eu sinto muito por você Moyra. Se você se vê como uma peça de roupa da estação passada, eu te dei muito mais valor do que você mesma.

– Não se trata de... – Moyra rebateu exaltada antes de ser interrompida por Henrique.

– Eu nunca tive um bom olho para as tais tendências, sabe? Achei que você combinasse comigo, com a pessoa que eu escolhi amadurecer para ser. Me enganei. Mas não pense que vou terminar tudo quando a estação mudar e eu doar as minhas roupas. Eu não poderia esperar tanto assim.

Henrique levantou-se lentamente, sem tirar os olhos de Moyra. Ela estava estarrecida, arrependida, em choque. Ele estava arrasado, incrédulo, em desencanto.

Diziam que o Piva de Albuquerque mais velho seria o melhor partido do Rio de Janeiro se fosse capaz de levar algum relacionamento a sério. Mas o que ninguém viu naquela calçada de Ipanema é que talvez as pessoas mudem, mas a gente se recuse a mudar nosso conceito sobre elas. Henrique caminhou sozinho de volta para casa. Talvez não fosse levado a sério por outra pessoa. Talvez não encontrasse outra pessoa que quisesse levar a sério. Mas uma coisa era certa: ele sabia muito bem quem era, e não deixaria que ninguém o confundisse a respeito disso.

O que Pedro tinha conversado com Henrique mais cedo tinha traçado um caminho sem volta. Correu de volta para o Leblon, precisava conversar com Helena. Chegou em casa e soube que ela tinha ido até a casa de Manuela. Mais uma chuva ameaçava cair com toda a disposição naquela tarde de novembro, e ele resolveu ir até o Arpoador atrás dela.

Manuela correu para o quarto quando chegou em casa para saber qual era afinal a surpresa que Luiza disse que esperava por ela. Quando viu Helena, não soube o que pensar nem o que fazer. Agir como se nada tivesse acontecido, como elas sempre tinham agido ao longo de todos esses anos? Agir diferente? Mas como seria agir diferente com Helena se ela a conhecia melhor do que ninguém? Todo o questionamento fez com que ficasse parada na porta do quarto sem nenhuma reação.

Helena se aproximou de Manuela segurando um de seus ursos de pelúcia na mão.

– Nick, não é isso?

Manuela riu por Helena ainda se lembrar do nome.

– Sim. Você me deu de presente quando conseguiu puxá-lo naquelas máquinas que tinham no quinto piso do Rio Sul.

– E você na mesma hora deu o nome do chato do Nick Carter, seu futuro marido, como você sempre dizia.

As duas riram.

– As coisas mudam tanto, Manu... não mudam? Eu acho que nem existe mais essa máquina no quinto piso do Rio Sul. Se tivesse, é certo que eu não conseguiria mais pegar bicho nenhum com aquele gancho. E com certeza você já entendeu que o Nick Carter não é o marido ideal. Assim como eu descobri que o Guilherme também não era. Mas olha só pra isso... a gente continua aqui. E mesmo com todas as coisas que eu queria que tivessem sido diferentes, você é uma das coisas que eu não quero mudar nunca na minha vida.

Manu não conseguiu esperar Helena dizer mais nada. Teve uma crise compulsiva de um choro aliviado enquanto abraçou a melhor amiga com força.

– Me desculpa, Lê! Me desculpa por favor. Eu nunca devia ter feito aquilo...

– Tá tudo bem. Passou.

Helena esperou que o abraço terminasse para continuar o que precisava dizer.

– Eu queria deixar tudo acertado com você antes de viajar. Vim me despedir.

– Viajar? Pra onde?

– Eu estou indo para a Itália. Me inscrevi essa semana em um curso de férias por lá e volto no começo de Fevereiro.

– Fevereiro?! Mas são mais de três meses, Helena!

– Eu sei. Eu acho que isso foi o que mais me interessou no curso, na verdade. Eu preciso desse tempo, Manu. Preciso estar longe de tudo isso um pouco.

– Eu entendo... entendo que você queira respirar um pouco. Mas precisava ser por tanto tempo?

– Vai passar rápido. Eu prometo falar com você todos os dias enquanto estiver lá e te mandar foto de todos os gatos possíveis com quem encontrar para você me dizer qual quer que eu traga na mala!

Manuela riu e abaixou a cabeça em seguida.

– Você sabe que eu ainda não consigo pensar em nenhum outro cara que não seja o...

– ...Pedro! Eu sei. Ei, talvez seja uma boa você ir pra Itália comigo, hein? – Helena brincou – Falando sério, eu preciso ir. Não podia deixar de falar com você antes, mas estou com o dia super corrido.

– Quando você vai?

– Hoje!

– Hoje?! – Manuela gritou, sendo repreendida por Helena.

– Sim, mas, por favor, ninguém sabe ainda, só a Amélia e o Henrique.

– Mas...

– Me dá mais um abraço antes de me levar na porta? Eu vou morrer de saudade da minha melhor amiga!

Helena se sentia trinta quilos mais leve tendo feito as pazes com Manu. Sabia que nada mudaria o que aconteceu ou o quanto ela tinha se decepcionado. Mas ela hoje sabia que nem sempre controlamos o que sentimos. Estar longe da amiga não tornava o erro cometido menor, e quem saía punida ao mesmo tempo era ela mesma.

A chuva começava a cair fininha quando ela estava já a umas duas quadras da casa da amiga, em direção ao Leblon. Seu celular tocou. Era Pedro.

– Oi.

– Onde você está? – A voz ofegante de Pedro tinha uma urgência que fez com que Helena se assustasse.

– Estou aqui no calçadão, Posto 8, por quê?

– Em que altura? Farme?

– Sim, entre a Teixeira de Mello e a Farme.

A ligação caiu e Helena entendeu por que Pedro tinha desligado quando viu que ele chegava correndo a poucos metros dela.

– O que foi, Pedro?

– Eu – Pedro parou por um minuto para recuperar o fôlego – eu preciso falar com você.

– Tá, mas que assunto é esse que não podia esperar nem eu chegar em casa?

A chuva engrossava rapidamente.

– Não, não podia esperar você chegar em casa, nem você voltar de São Paulo, nem mais um minuto, Helena. Eu nem sei como eu vou te dizer isso, mas eu sei que eu preciso.

– Tá legal, agora eu tô realmente apavorada. Aconteceu alguma coisa? Ai, meu Deus, minha madrinha!

– Não, tá tudo bem! Calma. O problema é... comigo! O problema é comigo.

– Problema? É algo grave, alguma coisa que eu possa te ajudar? Pedro, cuidado! – Helena tentou avisar antes que um carro passasse rente à calçada sobre uma poça enorme e acertasse Pedro em cheio.

Pedro apertou os lábios querendo dizer todos os palavrões que conhecia.

– Lógico, algo assim tinha que acontecer justamente agora! Senão não seria comigo!

– Você tá bem? – Helena, que tinha conseguido desviar do jato de água suja, perguntou.

– Não. Eu não tô nada bem. E não tem nada a ver com o fato de estar imundo aqui na frente de todo mundo ou qualquer coisa assim. Eu podia escrever um livro sobre situações constrangedoras e coisas dando errado em momentos cruciais.

Helena tentou segurar o riso ao ver Pedro discursar sobre sua falta de sorte naquele estado, mas não conseguiu mais se controlar quando um bêbado passou por eles e ofereceu a ele o que restava na garrafa de cachaça.

– É, eu acho que seria até uma boa aceitar pra conseguir dizer o que eu preciso.

– Anda logo, Pedro! Eu preciso fazer um milhão de coisas hoje e...

– Helena, eu... – olhou para cima, respirou fundo e disse como quem mergulha de um trampolim a vinte metros de altura. – Estou completamente apaixonado por você!

Helena arregalou os olhos, estática, à medida que sentiu a chuva e o vento trazerem uma mecha de cabelo para o seu rosto que ela sequer conseguiu tirar.

Pedro continuou, enquanto sentia a chuva encobrir seus olhos.

– Pois é, e se você for dizer que eu estou louco, poupe seu tempo! Eu já tentei me convencer disso diversas vezes nessas últimas semanas e não adiantou. Tudo que a gente viveu nesses últimos meses só me fez ver que... é você. Que era você o tempo todo! E não faço ideia do que você pensa disso tudo, mas eu não podia mais esconder. Não podia mais fingir que o que eu sinto por você é outra coisa, quando tudo que eu quero é estar do seu lado. É te dizer o que eu sinto. – Pedro se aproximou de Helena e afastou a mecha de cabelo molhada que ainda estava em seu rosto. – Eu queria te dizer isso em qualquer outro momento em que não estivesse coberto de lama, mas... não dá mais pra esperar, Helena. – Pedro segurou o rosto dela com as duas mãos e soube que precisava beijá-la naquele exato momento.

Quando Helena sentiu que Pedro estava próximo o suficiente para que pudesse sentir sua respiração, conseguiu ter forças para se afastar bruscamente.

– Não! Isso nunca vai acontecer, Pedro!

Pedro recuou e Helena continuou em um tom mais alto e mais agudo do que o grave de costume.

– Você confundiu tudo! Não tem nada entre a gente, nunca teve, nunca vai ter! Você é meu amigo! E você ama a Manuela, que é minha melhor amiga! Pelo amor de Deus, será que isso não é suficiente pra você ver que está tudo errado?

– Helena, eu não amo a Manuela. Eu fui sim, apaixonado por ela e nós tentamos, mas não deu certo. Você quer que eu finja que ainda sinto o que não sinto mais? – Levou as mãos à cabeça aumentando a voz.

– Não é nada disso! Você se decepcionou com a Manuela, ao mesmo tempo em que eu me decepcionei com o Guilherme, e isso fez você confundir as coisas. – Helena aumentava a voz enquanto a chuva aumentava de volume. – Você gosta da Manuela, só que está com medo de se machucar de novo. É só isso, entendeu? Vai se acertar com ela, Pedro! Amizade é tudo que eu tenho pra te dar e nada vai mudar isso.

Helena parou um táxi praticamente se jogando na frente dele e entrou se despedindo de Pedro com essa última frase. Ele ficou parado na chuva enquanto viu o carro ir embora. Ela secou o rosto com as mãos e pediu que o motorista fosse para a Rainha Guilhermina. Em segundos, desabou em um choro que não teve em todos esses dias de caos. Nenhum caos era maior do que o que estava dentro dela naquele momento.

Pegou o telefone na bolsa e ligou para Henrique.

– Você se importa de me deixar no aeroporto mais cedo? Eu realmente quero ir embora agora, mesmo que fique esperando lá mais tempo.

Pedro chegou em casa mais de uma hora depois. Foi caminhando lentamente, pensando em tudo que tinha dito a Helena e escutado dela. Viu que as malas dela não estavam mais no corredor.

– Amélia! – viu que ela assistia a um filme em preto e branco na sala de estar. – A Helena...?

– Saiu ainda agora. Já foi para o aeroporto com o Guilherme.

Pedro trocou de roupa correndo e estava quase fechando a porta novamente.

– Vai sair, meu filho? – Amélia estranhou a pressa.

– Vou... preciso resolver uma coisa muito importante. – Piscou para ela tentando esconder o nervosismo, batendo a porta em seguida.

Helena não conseguia prestar atenção em nada que Henrique dizia sobre os lugares em que ela precisava comer na Itália. O olhar estava relutante, se dirigindo para uma coisa diferente a cada instante, as mãos não paravam, primeiro ajeitando o cabelo, depois na boca, e em seguida arranhando o tecido da mala de mão.

– Ei, posso saber onde você está? – Henrique perguntou quando ela não respondeu sobre o bairro em que ficaria em Milão.

– Oi? Desculpa, irmão! Eu não vi direito... peraí, deixa eu pegar aqui o endereço.

– Você sempre passa meses planejando todos os detalhes quando vai viajar e agora nem sabe em que bairro vai ficar? É impressão minha ou você nem mesmo queria fazer essa viagem?

Helena sentiu que não valia a pena tentar esconder qualquer coisa do irmão. Aliás, ela não estava mais conseguindo esconder aquela agonia de ninguém!

– Hoje o Pedro me disse que...

– Ele te falou?! – Henrique interrompeu sem querer, empolgado com o fato dele finalmente ter seguido o seu conselho.

– Me falou o quê? Você sabe?

– Quem não sabe, Helena? Eu já tinha notado isso há meses! Mas esperei ele mesmo me dizer.

– Meses? Eu não... eu não tinha percebido nada. Eu, aliás, tenho certeza de que tudo isso não passa de uma confusão dele.

– Confusão? Helena, o cara tá completamente apaixonado por você! Acho que até a Manuela percebeu isso.

– Então não era absurda a desconfiança dela de que...

– Não, não era. Eu não quis te dizer isso aquele dia no hospital, mas no fundo achei que você já soubesse. Tava na cara! Mas ele bem que tentou não ver também. Até que não conseguiu mais.

– Ele me disse... mais ou menos isso mesmo.

– E você?

– Eu o quê?

– O que você disse?

– Eu disse que... que nunca ia acontecer. Que ele tinha confundido tudo. Que ele devia procurar a Manuela porque eu não sentia absolutamente nada por ele.

– Entendi. Mas isso é verdade?

– Isso... foi a maior mentira que eu já contei na minha vida! Sou eu que estou tentando brigar com esse sentimento há meses. Desde o casamento da mamãe, eu acho. Tentei me convencer de que estava misturando as coisas até hoje, quando ele me disse o que ele sentia. Era como se ele estivesse falando de mim. Como se pudesse ler os meus pensamentos, enxergar o que eu sinto. Ele... ele estava ali, na minha frente, tendo a coragem que eu não tive! Me dizendo tudo o que eu queria ouvir e tudo que eu queria dizer a ele. Mas eu não podia... eu não posso! A Manuela...

– Helena, como você pôde mentir pra ele que não sentia nada? Isso não tem nada a ver com a Manuela, você não tirou ele dela! Eles namoraram e não deu certo. Mesmo se você não existisse, isso não faria o Pedro voltar a ver a Manu como antes! E isso não faria ele sentir pela Manu o que ele sente por você!

– Mas, Henrique, e se...

– Não existe isso, Helena! Não existe "e se". Existe o agora! E agora ainda dá tempo de mudar tudo isso. Esquece essa viagem, esquece essa fuga maluca e vem comigo. Vamos atrás do Pedro, agora! Você tem coragem?

Helena sentiu o corpo tremer inteiro, como se tivesse tomado uma injeção de adrenalina. Abriu um enorme sorriso para Henrique e ele entendeu que isso era um sim.

Correram com as malas em direção ao guichê da companhia aérea para saber se era possível cancelar a passagem. Pararam atrás das três pessoas que estavam na fila. Helena estava elétrica em uma mistura de medo, cem pensamentos por minuto, ansiedade e uma alegria repentina. Interrompeu Henrique, que lia o contrato online do curso quando o celular vibrou. Era um SMS de Manuela.

– Hoje deve ser meu dia de sorte. Primeiro fiz as pazes com minha melhor amiga. Agora o Pedro liga dizendo que tá vindo pra cá e precisa falar comigo. Precisava te contar! Torce por mim, amiga! Te amo!

Helena leu as palavras de Manu como se levasse um soco no estômago. Não podia culpar ninguém senão a si mesma. Pedro tinha ido atrás de Manuela. Mas não foi isso que ela mesma mandou ele fazer? E isso sim, devia ser o certo. A amiga estava feliz, ele também em breve estaria. O esquisito do show da Rihanna. Quanto tempo tinha isso? Um ano? Parecia uma eternidade. Pedro já não tinha mais nada de estranho. Morava na sua casa agora. Sabia coisas de sua vida que nem sua melhor amiga sabia. E tinha feito com que ela se apaixonasse perdidamente por ele. Mas era ela a intrusa naquele triângulo. Uma dama sempre sabe a hora de se retirar. E Helena Piva de Albuquerque podia não saber como lidar com sentimentos inesperados, nem como cancelar uma passagem, e nem mesmo como engolir o choro agora, mas uma coisa ela sabia melhor do que ninguém: ser uma dama.

– Henrique, esquece. Vamos voltar pra lá. Aliás, me leva pra sala vip de embarque.

– Como assim, Helena? O que aconteceu?

– Não aconteceu e nem vai acontecer. Vamos manter o plano? Vai por mim, é a coisa certa a se fazer.

Henrique tentou algumas formas verbais de resistência até ser finalmente silenciado pela postura fechada para diálogo de Helena. Alguma coisa tinha acontecido, mas ele não sabia o quê. O fato é que essa "coisa" tinha mudado tudo.

Manu já estava esperando por Pedro desde que ele tinha enviado a mensagem. Mudou de roupa, de penteado e de maquiagem umas três vezes, tentando parecer absolutamente natural, como se a vinda dele não tivesse mudado em nada a rotina dela. Mesmo assim, quando ele chegou, sentiu um frio na barriga que quase fez com que ela desistisse da ideia de vê-lo.

Marcia atendeu a porta e pediu que ele aguardasse na sala de estar. Luiza estava sentada lá e cumprimentou Pedro, com quem não falava desde o incidente nada agradável no almoço da sexta-feira santa.

– Tudo bem, Pedro?

– Como vai, Dona Luiza?

– A Manuela já deve estar chegando, imagino que vocês queiram conversar a sós. Vou me retirar, se você não se incomoda.

– Fique à vontade, por favor. Na verdade, eu não pretendo levar muito tempo.

– Fique à vontade você. Eu já ia mesmo resolver outras coisas.

A cordialidade de Luiza era seca, mas ainda muito mais amável do que as últimas tentativas. Na verdade, ela e a neta conversaram muito sobre Pedro depois do incidente. Ela ainda não achava que ele era o ideal para Manu, mas diante da percepção de que a neta sofria com sua postura diante dele, tinha prometido suavizar a dose.

Mesmo com esse motivo para se sentir quase confortável, Pedro estava visivelmente impaciente, sem saber o que fazer com as mãos e andando de um lado para o outro até que, finalmente, Manuela chegou na sala.

– Oi. Eu recebi sua mensagem – Manu não sabia bem como iniciar a conversa.

– Oi... é, eu realmente precisava falar com você. Sobre o que aconteceu no hospital, sobre tudo... sobre a gente.

Manuela sorriu. Pedro era sempre consideravelmente melhor do que aquilo com as palavras. O motivo desse embaralhamento só podia ser nervosismo, e nervosismo podia ser um bom sinal.

– Bom, eu não vou a lugar nenhum. Pode falar. – Manu tentava conter uma pequena tremedeira nos braços.

– Manu, eu sofri muito, me decepcionei muito. Não vou mentir pra você.

– Eu sei – abaixou a cabeça com um sincero sentimento de culpa – e eu daria tudo pra poder voltar atrás. Mas eu não posso, você sabe.

– Eu sei. E se eu pudesse voltar atrás, até o dia em que te conheci naquele show... eu não teria feito nada de diferente. Eu não deixaria de tentar te encontrar no Londra, mesmo sabendo que não conseguiria entrar. Nem deixaria de ir até a sua festa e nem deixaria de me apaixonar por você.

Manuela sentiu o coração bater tão rápido que ela teve medo que ele escutasse. Mas Pedro apenas continuou.

– Tudo que aconteceu entre nós foi incrível. E inesquecível. E mesmo agora, parado na sua frente, eu estaria mentindo se dissesse que não sinto mais absolutamente nada por você. Mas o motivo pelo qual não vou voltar não tem nada a ver com não conseguir perdoar você. A verdade é que... eu me apaixonei por outra pessoa, Manuela. De uma forma que eu não esperava e que não consigo controlar. E mesmo que essa pessoa não queira estar comigo, eu não posso estar com outra pessoa, porque o que eu penso e o que eu sinto ainda seria dela. Você não merece isso. Estar com alguém que não seja completamente seu.

– Como você já foi... – Manu se sentiu quebrar em mil pedaços quando disse isso.

– Eu nem preciso te dizer que antes que eu vire a rua já vão ter dezenas de caras batendo na sua porta, dispostos a te dar muito mais do que eu já dei... e principalmente do que eu tenho pra dar agora. Você é maravilhosa, Manu. E alguém vai te fazer muito, muito feliz. Eu... preciso ir.

Pedro abraçou Manuela e deu um beijo em seu rosto, saindo em seguida. Ela ouviu a porta fechando atrás dela e sentiu o choro vir em um solavanco. Ela sabia que tinha perdido Pedro pelo erro que cometeu, mas achou que pudesse consertá-lo um dia. Como foi que ele se apaixonou por outra? Como isso aconteceu antes que ela visse, antes que ela pudesse fazê-lo enxergar que tudo ficaria bem entre eles de novo?

Luiza estava no corredor e correu para buscar um copo de água para Manu antes de ir até a sala consolar a neta. Tinha ouvido a conversa, por mais que tentasse não escutar. Sem muito esforço, ok, mas tinha quase sido sem querer. Colocou uma colher de açúcar na água gelada e pensou por dois minutos ou mais no que poderia dizer. Quando chegou na sala com um discurso quase pronto, para sua surpresa, Manu não estava mais lá.

Pedro chegou em casa ofegante depois de ter corrido do Arpoador até o Leblon na chuva, mas seu rosto estava cheio de entusiasmo e um sorriso que a gente só tem quando guarda o melhor segredo do mundo. Amélia não viu quando ele entrou, correu para o quarto e jogou algumas mudas de roupa na mochila jeans, pegou o MP3 player, a carteira, o celular e todos os trocados de dentro da latinha do Johnny Cash, mas se surpreendeu quando chegou na porta do quarto que funcionava como uma biblioteca, onde ela lia um empoeirado Simenon, e perguntou:

– Amelinha, você sabe me dizer o endereço exato de onde a Helena vai estar em São Paulo?

Amélia se virou e viu Pedro por cima dos óculos de leitura. Hesitou por alguns segundos até tentar entender melhor o motivo da pergunta.

– Por que você quer esse endereço, Pedro?

– Bom, você pode achar estranho, mas... eu vou pra lá. Eu sei que ela vai chegar antes porque já deve estar pegando o avião e eu vou de ônibus, no primeiro que conseguir. Mas eu me viro, chego lá. E não volto sem ela.

– Mas... por que isso?

– Porque eu demorei demais para entender isso e acabei deixando ela ir. Mas eu sou louco por ela, Amélia. Tá, pode parecer bobo, mas eu estou completamente apaixonado pela Helena, e não posso mais ficar sem ela. – Pedro riu em seguida do que ele mesmo disse, mas não conseguia se envergonhar – Você imaginou ouvir isso de mim? Pois é, nem eu – respondeu antes que ela pudesse se manifestar. – Mas é verdade. É totalmente verdade. Então eu realmente preciso saber o endereço dela. Você tem, não tem?

Amélia sentiu o coração apertado dentro do peito. Deixou o livro na mesa de centro, tirou os óculos e se levantou, andando até Pedro.

– Meu filho, a Helena não está indo para São Paulo.

– Não está? Mas ela saiu com as malas, não saiu?

– Sim. E ela deve estar mesmo embarcando a essa hora. Mas infelizmente não é para São Paulo, e sim para a Itália.

– Itália? Mas... por que ela não me disse? E quando ela volta?

– Em fevereiro.

Pedro não podia acreditar. Estava completamente transtornado e o que sentia não cabia em seus modos quase sempre polidos e controlados. Tinha vontade de gritar, de correr, de derrubar a parede na qual deu um soco seco.

– Mas – Amélia prosseguiu – talvez você queira dar uma olhada na cartinha de despedida que ela me deixou. Pode ser que algo aqui interesse a você – Amélia entregou um envelope a Pedro e colocou a mão sobre seu ombro antes de deixá-lo sozinho na biblioteca.

Pedro abriu a carta, escrita em um dos papéis de carta personalizados com o monograma de Helena (um dos vários itens de papelaria que eram uma verdadeira obsessão para ela) e sentou-se na poltrona de couro preferida de Amélia para ler.

"Dinda,

Você sabe bem o quanto eu sempre detesto me separar de você, e como me aperta o peito pensar em estar longe, mas logo estaremos juntas.

Espero que o tempo seja suficiente para devolver a minha razão e me fazer esquecer o Pedro, ou pelo menos estar menos apaixonada por ele do que o máximo que posso administrar. Mas que seja rápido o bastante para que eu não morra de saudades de você, do Henrique, da Manu e... dele.

Me ligue todos os dias, por favor! Estarei longe no meu

aniversário, mas faço questão de parabéns à meia-noite no horário de Milão. Pense sempre em mim, se cuide bem, cuide do Henrique e, por mim, cuide do Pedro.

Amo vocês.

Helena."

Guilherme tinha finalmente conseguido ficar tranquilo no quarto com a saída de Helô, que tinha uma festa beneficente naquela noite. Sabia que não conseguiria dormir ainda, mas fechou os olhos por alguns instantes. Era a forma mais rápida e eficaz de se encontrar com um passado que não existia mais. Se lembrar do sorriso de Helena, do toque, do cheiro... De repente, a porta abriu. Ele se recusou a abrir os olhos, convencido de que era uma das enfermeiras na ronda noturna de costume, e esperou ouvir a porta novamente, dessa vez se fechando. Ao invés disso, ouviu alguém sentar no sofá próximo à cama. Esperou alguns minutos até finalmente conferir.

– Pietra? O que você está fazendo aqui?

Pietra não tinha a maquiagem de costume. Pelo contrário, o rosto estava limpo; as olheiras escuras e os olhos inchados indicavam noites mal dormidas e choro constante. Os cabelos presos em um coque desajeitado e as roupas largadas não faziam com que aquela garota sentada diante de Guilherme se parecesse em nada com a Pietra que conhecia.

– Eu vim ficar com você essa noite. Escuta, você não precisa dizer nada e eu também prometo ficar completamente calada. Eu só não quero que você durma sozinho. Eu sei que a Helô saiu hoje e...

– Sai daqui agora, Pietra! Garota, você destruiu a minha vida! Eu odeio você! Odeio! – Guilherme berrava, fazendo com que Pietra chorasse desesperada.

– Tudo bem, calma! Calma, por favor! Você não pode se aborrecer! – Pietra tentava entender o apito constante de uma das máquinas que monitorava Guilherme e apertou o botão que chamava a enfermeira. – Adriana! Adriana, por favor!

A enfermeira chegou em segundos e viu que o problema era apenas uma das ventosas que havia saído do lugar com a movimentação brusca de Guilherme.

– Como você conhece a minha enfermeira?! – Guilherme perguntou indignado.

– Eu... eu durmo aqui.... todas as noites. Ali no corredor. – Pietra admitiu sem graça.

– Ninguém conhece mais seus exames e relatórios do que a Pietra, Guilherme! – Adriana brincou sem saber do incidente passado entre os dois.

Assim que Adriana saiu, garantindo que estava tudo bem, Guilherme voltou a falar, em tom mais calmo, mas tão determinado quanto antes.

– Pietra, por favor, vai embora. Eu não quero você aqui e nem em lugar nenhum perto de mim.

– Desculpa, Guilherme, mas eu não vou sair. Quando a sua mãe voltar amanhã eu volto pro corredor. Mas eu não vou deixar você sozinho. Eu te amo, embora você não entenda isso.

– Ah, meu Deus, você é maluca! De verdade, doente! Pelo amor de Deus, vai embora!

Pietra fingiu ignorar o que Guilherme pedia. Mesmo que ele chamasse a enfermeira, os médicos, os seguranças e ela tivesse que deixar o quarto, estaria no corredor em frente. Não iria deixar Guilherme sozinho, nem essa noite e nem nunca.

Helena viu o avião decolar e permaneceu olhando pela janela por alguns segundos antes de começar a ler o Stephen King novo comprado especialmente para as horas de avião que a esperavam. Havia um nó na garganta que não a deixava respirar completamente. Como esse sentimento todo tinha crescido tanto sem que ela se desse conta? Pensou que não deveria ter pedido para Pedro procurar Manu. Não devia ter deixado ele ir depois de saber que ele sentia o mesmo. Mas, se ele foi, é porque ainda gostava de Manu. E se ele ainda gostava de Manu, ela tinha que se sentir em paz por estar indo embora e por deixar que os dois fossem felizes. Um dia ela deixou o valete passar em um certo jogo de buraco. Ela deu de presente para Manuela justamente o cara por quem acabou se apaixonando. Mas não se toma um presente de volta. Não se exige que o jogador seguinte devolva a carta que você deixou passar. Pedro foi a pessoa mais próxima que conheceu daquilo com que sempre sonhou. Mas Pedro não era dela. Mas ela não estava mais lá. Mas ela não estava sonhando. Estava subindo, partindo. Para o alto, para longe, por muito tempo. E de onde estava agora, não conseguia mais enxergar nada do que tinha deixado para trás. Se afundou na confortável poltrona de primeira classe e resolveu trocar sua realidade pela ficção. Os meses e quilômetros seguintes se encarregariam do resto.

Pedro não chorava desde pequeno. Havia aprendido a trancar suas emoções tão escondidas que nem ele mesmo encontrava quando queria. Mas ali, deitado na cama, ouvindo "*November Rain*", sentiu que as lágrimas não tinham pedido licença e nem permissão. Helena costumava dizer que essa era uma das músicas mais tristes e perfeitas que já tinham sido escritas. É bem verdade que a letra falava sobre nada durar para sempre na chuva fria de novembro, e sobre todo mundo precisar de um tempo completamente sozinho. Mas Pedro sorriu ao chegar ao fim da música. Engraçado como ele, que assim como ela era louco por aquela letra desde adolescente, nunca tinha realmente prestado atenção no final, ou dado a devida importância ao que ele diz. "Nada dura para sempre, nem mesmo a chuva fina de novembro". Sim... um tempo podia ser bem útil. O amor dos dois não cabia no agora, mas podia ter o número certo do depois. Quando não houvesse espaço para o medo, nem para a culpa. Apenas para eles dois. A chuva que caía lá fora ia durar e ele sabia bem disso. Sentia isso na pele, no peito e por dentro. Mas Helena voltaria em fevereiro, quando tudo isso tivesse passado. Helena voltaria em tempos de sol. E dessa vez ele estaria pronto para ela. Para eles.

Manu era a única pessoa nas Pedras do Arpoador com aquela chuva. Não se importava, já quase não sentia. A tempestade dentro dela era imensamente maior, e ver o mar daquele jeito era um consolo. Ela não era a única a se sentir completamente revolvida naquele início de noite. As lágrimas tinham secado no vento ou se confundido com a chuva em seu rosto.

Pedro foi a primeira pessoa de quem Manu gostou de verdade. Ela sabia que eram diferentes, que nem tudo neles se encaixava ou fazia sentido. Sabia que havia coisas nele que ela não entendia e coisas nela que ele não aceitava. Mas nada daquilo fazia com que gostasse menos dele. Mas ele tinha deixado claro que não sentia o mesmo por ela. Pelo menos, não mais... pelo menos não por enquanto. Helena não estava ao alcance de alguns passos, Guilherme estava internado, a irmã tinha se tornado outra pessoa, alguém que ela sequer conhecia, e a avó, sua confidente, não entendia o sentimento dela por Pedro. E então Manu se sentiu imensamente sozinha. O frio que fez com que colocasse os braços ao redor de si mesma não era do vento gelado que batia do mar em direção às pedras. Era de dentro.

– Você sabe de alguém que esteja precisando de um casaco? – ouviu alguém dizer e se assustou.

Quando se virou, viu Felipe. Ele simplesmente parou ao seu lado, de frente para o mar, e ficou calado, encarando as ondas como ela.

– Como você me encontrou aqui? – Manuela riu.

– Eu passei na sua casa pra saber se você queria dar uma corrida comigo e sua avó estava super preocupada, dizendo que você tinha saído depois de uma conversa com o Pedro. Ela não sabia pra onde você poderia ter ido, mas uma vez você me disse que desde pequena gostava de ver o mar daqui das Pedras quando estava triste.

– Você lembrou disso?

– Eu lembro de tudo que é importante pra mim, Manu.

– Quer dizer que eu sou importante pra você? – Manu perguntou em tom de brincadeira.

– Você é muito mais importante do que eu queria que fosse, Manuela – Felipe falou sério.

Ela não quis mais fingir que não doía e deixou que ele a visse chorar.

Felipe a abraçou e deixou que ela chorasse ainda mais do que antes. Sabia que não ia passar se ele pedisse. Sabia que não ia ter passado se ele dissesse que sim. Então, só deixou que ela chorasse tudo o que tivesse vontade de chorar, mas soubesse que não estava sozinha, e que ele se importava.

– Eu ainda gosto demais dele, Felipe. Desculpa, eu não consigo...

– Eu não quero nada com você, tá? Eu só tô sendo legal, não tô te dando mole. – Felipe brincou, fazendo Manuela dar um daqueles sorrisos que iluminavam qualquer noite de chuva como aquela. – Falando sério, eu sei! Eu gosto demais de você, Manuela. Não quero tentar nada agora, forçar nada, adiantar nada. Eu só quero ficar aqui com você, pode ser? Aliás, aqui não, porque eu realmente acho que pneumonia não vai ser uma boa forma da gente passar as próximas semanas juntos. Vamos sair daqui, anda!

Manuela enxugou o rosto das lágrimas e da chuva, sorriu e estendeu a mão para Felipe. A chuva continuava forte demais, mas já não fazia mais tanto frio. Ou será que era só dentro dela?

Você com certeza já deve ter ouvido a Adriana Calcanhoto cantar que Cariocas não gostam de dias nublados. Deve ser porque a chuva não combina com a vida que nós escolhemos ter. A chuva que enchia as ruas de Ipanema lembrava que Guilherme não estava parando o Jaguar vermelho nos bares da Barão da Torre para falar com os amigos que fez pela vida toda no mesmo bairro. A que caía no Leblon também não se parecia com os dias em que Helena ia fazer compras com Amélia pela Ataulfo de Paiva e sempre acabava almoçando no Álvaro's. O Arpoador debaixo de chuva não tinha Manuela chegando na praia com seu biquíni verde esmeralda preferido e uma *longboard* debaixo do braço, falando com todas as tribos da areia e do mar. Não foi com chuva que Pedro reviu Manuela na praia particular do Sheraton, e nem teve chuva no dia em que Helena foi buscá-lo na Tijuca para passar a fazer parte de vez da vida de todos eles.

O lado bom da chuva no Rio é que ela nunca fica por muito tempo. O sol tem um verdadeiro caso de amor com a cidade, e por mais que vez ou outra eles briguem, não conseguem ficar muito tempo separados. Logo o céu volta a ficar claro e o chão se seca junto com todas as lágrimas que possam ter caído como a temperatura. Qualquer chuva de novembro é curta, já que em pouco tempo começa o verão, que, para o Rio de Janeiro, é muito mais do que uma estação, é estado de espírito. Logo o céu e a vida voltam ao normal. Antes mesmo do que você possa imaginar...

AGRADECIMENTOS

Muito obrigada,

Cristiano, meu amor e melhor companheiro que alguém pode ter na vida: por estar presente desde a ideia do livro, por ter por ele o mesmo amor que eu tenho e por jamais me deixar desistir do projeto!

Minha mãe, **Susana**, por ter passado tantos dias cortando sílabas e espalhando pelo chão da sala para me ensinar e estimular a formar as primeiras palavras escritas. Acho que deu certo, mãe!

Mariah e Maria Antônia, minhas irmãs, e **Clara Pedrada**, minha irmã emprestada que leram cada capítulo com tanto carinho e expectativa que me fizeram acreditar ainda mais em cada um dos "Herdeiros".

Minha família (Madrinha, Avós, Tios e Tia!) por fazerem da minha vida, desde o início, uma verdadeira biblioteca de todos os gêneros e estilos!

Meus amigos pela ajuda especial, cada um teve um papel único nesse projeto!

Karen Alvares, por ter sido a responsável pela minha entrada na Editora Draco e por ser a melhor revisora que o livro poderia ter!

Todos os profissionais envolvidos nesse projeto!

Série Clube dos Herdeiros

Clube dos Herdeiros - Como nossos pais

Clube dos Herdeiros - Nada será como antes

Contos

Clube dos Herdeiros - Aristocracia perdida

Clube dos Herdeiros - Da esquerda para a direita

Este livro foi impresso em papel pólen bold na
Renovagraf em junho de 2017.